FOLIO SCIENCE-FICTION

Michael Moorcock

LES DANSEURS
DE LA FIN DES TEMPS, II

Les Terres creuses

Traduit de l'anglais
par Élisabeth Gille

Denoël

Cet ouvrage a été publié dans les collections Présence du futur et Lunes d'encre aux Éditions Denoël.

Titre original :

THE HOLLOW LANDS

Auteur d'une œuvre considérable, Michael Moorcock, né en 1939, a construit un univers littéraire articulé autour de plusieurs cycles interdépendants, mélangeant différents aspects de la science-fiction et de la *fantasy*, genre dont il a écrit l'une des œuvres les plus célèbres, *La saga d'Elric le nécromancien.*

Moorcock a joué en tant qu'éditeur un rôle primordial dans l'évolution de la science-fiction. Devenu en 1964 rédacteur en chef de la revue britannique *New Worlds*, alors en difficulté, il entreprend une véritable révolution littéraire, publiant des textes exigeants, expérimentaux sur la forme comme dans les thématiques abordées, qui rénoveront profondément et durablement le genre.

À Mike Harrison
et Diane Boardman

Quittons ces lieux — la nuit approche ;
Le jour est las, les oiseaux ont tous fui ;
Et nous avons moissonné ce que les dieux ont semé,
Le désespoir et la mort ; les ténèbres profondes
Hantent la terre, tel un hibou ; nous ne pouvons comprendre
Le rire ni les larmes, car nous n'avons connu
Qu'une folle vanité ; les vaines ambitions
Ont mené notre troupeau pervers et sans but.

Quittons ces lieux, si froids et si étranges,
Gagnons les Terres Creuses où justes et injustes
Les hommes trouvent la fin de leur labeur,
Où le repos attend les vieillards, où nous serons délivrés
De l'amour, de la peur et du désir.
Tordons nos mains déchirées ! Ô puisse la terre enfouir dans son sein
Nos cœurs malades de la vie et les transformer en poussière !

ERNEST DOWSON,
Un dernier mot, 1899.

1

Où Jherek Carnelian continue d'être amoureux

« Vous avez lancé une nouvelle mode, je le crains, mon cher. »

L'Orchidée de Fer fit glisser sur sa peau lisse les draps de zibeline et, d'un pied svelte, les poussa au bas du lit.

« Je suis si fière de vous. Quelle mère ne le serait pas ? Vous êtes un fils si savant et succulent. »

Jherek soupira, de l'autre bord du lit sur lequel il était couché, le visage à demi enfoui dans l'énorme amas duveteux d'oreillers. Il était pâle. Il était pensif.

« Merci, ô la plus éclatante des fleurs, le plus révéré des métaux. »

Il parlait d'une petite voix.

« Mais vous vous languissez encore, dit-elle avec sympathie, de votre Mrs Underwood.

— C'est vrai.

— Rares sont ceux qui pourraient entretenir aussi bien une telle passion. Le monde en attend encore l'issue en retenant son souffle. Irez-vous à elle ? Viendra-t-elle à vous ?

— Elle m'avait dit qu'elle viendrait me rejoindre, murmura Jherek Carnelian. Ou du moins c'est ce que j'avais cru comprendre. Vous savez à quel point il est parfois difficile de tirer au clair les propos d'un voyageur du temps, et je dois avouer qu'en 1896 ils étaient particulièrement propres à semer la confusion. » Il sourit. « Quand même, c'était merveilleux. J'aurais tant aimé que vous voyiez cela, Orchidée de Fer. Les échoppes, les tavernes, les prisons et tous les autres monuments. Et puis des gens en si grand nombre ! On pouvait douter qu'il y eût de l'air en suffisance pour leur insuffler la vie !

— Oui, mon cher. » Le ton n'était pas aussi animé qu'il aurait pu l'être, car elle avait déjà entendu tout cela plus d'une fois. « Mais votre recréation est là, pour nos délices à tous. Et d'autres suivent à présent la voie que vous avez tracée. »

Comprenant qu'il courait le risque de l'ennuyer, il se redressa sur ses oreillers, en écartant les doigts et en contemplant les anneaux énergétiques aux reflets scintillants qui les ornaient. Il pinça ses lèvres parfaites et corrigea la position de celui qu'il portait à l'index de la main droite. Une fenêtre apparut à l'autre extrémité de la pièce et, à travers, bondit le soleil, chaud et brillant.

« Quelle belle matinée ! s'écria l'Orchidée de Fer en lui en faisant compliment. À quoi pensez-vous la consacrer ? »

Il haussa les épaules.

« Je n'avais pas encore réfléchi au problème. Vous avez une idée ?

— Eh bien, Jherek, puisque c'est vous qui avez lancé la mode de la nostalgie, je pensais que vous aimeriez peut-être m'accompagner jusqu'à l'une des vieilles cités pourries.

— Vous êtes assurément d'humeur nostalgique, Reine des mères imaginatives. » Il baisa tendrement les paupières abaissées sur des yeux d'ébène. « J'étais encore enfant la dernière fois que nous y sommes allés ensemble... car vous pensez à Shanalorm, bien sûr ?

— À Shanalorm, si tel est bien son nom. C'est aussi là que vous avez été conçu, si ma mémoire est bonne. » Elle bâilla. « Les cités pourries sont le seul trait permanent de notre monde.

— Certains iraient jusqu'à dire qu'elles *sont* le monde. » Jherek sourit. « Mais elles n'ont pas le charme des métropoles de l'Aurore des Temps, malgré leur âge.

— Je les trouve romantiques », dit-elle d'un ton chargé de réminiscence. Elle jeta autour de son cou ses bras d'ébène, posa sur ses lèvres sa bouche bleu nuit, et sa robe (faite de pourpres coquelicots vivants) fut prise d'ondulations et de soupirs. « Que porterez-vous, pour partir à l'aventure ? Avez-vous encore une prédilection pour ces costumes rayés ?

— Je ne crois pas. » (Il était déçu, en son for intérieur, qu'elle gardât du goût pour les noirs et les bleus foncés, car cela voulait dire qu'elle n'avait pas complètement oublié sa liaison avec le funèbre et désolé Werther de Goethe.) Il réfléchit un instant à la question, puis, d'un tour de son anneau énergétique, fit apparaître au jour une tunique fluide en fourrure d'araigne blanche. Son but était de créer un contraste et sa mère en fut enchantée.

« Parfait, ronronna-t-elle. Allons, embarquons dans votre véhicule et partons. »

Ils quittèrent son ranch (conservé à dessein à peu près dans le même état qu'à l'époque où il essayait d'en faire un foyer accueillant pour son amour perdu, Mrs Amelia Underwood, avant le retour forcé de celle-ci dans son 19e siècle natal) et traversèrent les pelouses tondues de près, où ne paissaient plus ses buffles ni ses troupeaux de cerfs, puis ses tonnelles, ses roseraies et ses jardins japonais, dont la vue lui serrait le cœur tant ils évoquaient en lui le souvenir poignant de Mrs Underwood, jusqu'à son landau de jade laiteux. Ce landau était tapissé à l'intérieur de peaux couleur abricot, des peaux de vinyles (bête dont l'espèce était éteinte depuis longtemps), et décoré d'or vert.

L'Orchidée de Fer s'installa dans la voiture ; Jherek s'assit en face d'elle et tapota la rampe pour provoquer le décollage. Quelqu'un (ce n'était pas lui) avait fait apparaître un charmant soleil jaune et rond, et de somptueux nuages bleus, tandis qu'en contrebas défilaient des collines onduleuses aux douces pentes herbues, des bois de pins et de trèfle, des rivières d'ambre et d'argent, tout un paysage luxuriant et reposant pour les yeux. Il y en avait des kilomètres et des kilomètres. Le landau prit approximativement la direction du sud, celle de Shanalorm.

Ils traversèrent une mer écumeuse, d'un blanc visqueux, où s'agitaient des créatures rosâtres, assez semblables à de gigantesques vers de terre, qui pointaient vers le ciel leur tête ou leur queue (ou les deux), et ils s'interrogèrent sur son créateur.

« Malheureusement, c'est sans doute Werther, dit l'Orchidée de Fer. Quel mal il se donne pour échapper à la banalité en matière d'esthétique ! Croyez-vous que ce soit là un exemple de sa nature ? L'impression est assurément primitive. »

Ce fut avec plaisir qu'ils laissèrent derrière eux cette mer blanche. Ils flottaient à présent au-dessus de hautes falaises de sel qui scintillaient dans la lumière d'un globe rougeâtre : le vrai soleil, probablement. Il planait sur ce paysage un silence qui leur fit passer à tous deux un frisson dans les veines et ils ne parlèrent pas avant d'en être sortis.

« Nous y sommes presque », dit l'Orchidée de Fer, en se penchant par-dessus le bord du landau (à la vérité, elle n'avait pas une idée très claire de l'endroit où ils se trouvaient et il était totalement inutile qu'elle le sût, car Jherek avait donné à la voiture des instructions précises). Jherek sourit. Les enthousiasmes de sa mère l'enchantaient. Elle se délectait toujours de leurs expéditions.

Gonflées par une brise soudaine, ses draperies en fourrure d'araigne s'évasèrent autour de son corps, presque au point de lui cacher la vue. Il les tapota afin que leur blancheur s'étale à nouveau sur la banquette et, en cet instant précis, pour une raison qu'il ne put définir, il se remémora Mrs Underwood et son front s'assombrit. Il s'était écoulé beaucoup plus de temps qu'il ne l'aurait cru. Il était certain qu'elle serait déjà revenue si elle en avait eu la possibilité. Il savait que bientôt il lui faudrait aller trouver le vieux savant irascible, Brannart Morphail, et implorer de lui le prêt d'une autre machine à voyager dans le temps. Morphail avait prétendu que Mrs Underwood, soumise au même titre que n'importe qui d'autre à l'effet Morphail, serait rapidement éjectée de l'année 1896 et risquait de débarquer en n'importe quel point du temps couvert par le dernier million d'années, mais Jherek était sûr qu'elle gagnerait sa propre époque. Après tout, ils s'aimaient. Elle lui avait, à la fin des fins, avoué son amour pour lui. Jherek se demandait si Brannart, résolu à prouver la justesse de sa théorie, ne contrecarrait pas, en fait, les efforts de Mrs Underwood pour le rejoindre. Il savait que ses soupçons étaient injustes, mais une chose, déjà, était évidente : My Lady Charlotina et Lord Jagged des Canaries jouaient un jeu compliqué auquel son destin et celui de Mrs Underwood étaient mêlés. Quoiqu'il eût pris cela en bonne part jusqu'ici, il commençait à trouver que la plaisanterie avait fait long feu.

L'Orchidée de Fer avait remarqué son changement d'humeur. Elle se pencha et lui caressa le front.

« Une nouvelle attaque de mélancolie, mon amour ?

— Pardonnez-moi, fleur parmi les fleurs. »

Au prix d'un grand effort il se dérida. Il sourit. Il fut heureux d'apercevoir, au même instant, une lueur violette qui palpitait à l'horizon.

« Shanalorm approche dans sa majesté. Voyez ! »

Elle se retourna ; son visage était un miroir d'eau noire qui reflétait la délicate radiation.

« Ah ! enfin ! »

Ils firent leur entrée dans un paysage que nul ne songeait à modifier ; non seulement à cause de sa beauté, mais parce qu'il n'aurait peut-être pas été sage de tripoter les sources de leur énergie. Il avait fallu plusieurs siècles pour bâtir des villes comme Shanalorm, et elles étaient très anciennes. On les disait capables de convertir l'énergie du cosmos tout entier, de recréer totalement l'univers au moyen de leurs mystérieuses machines, mais personne n'avait jugé bon de mettre à l'épreuve ces assertions. Bien que très peu de gens s'en fussent donné la peine au cours des deux derniers millénaires (on trouvait actuellement ce passe-temps vulgaire), il était possible, en tout cas, de fabriquer autant de nouvelles étoiles ou de planètes que l'on voulait. Les villes dureraient aussi longtemps que le temps lui-même (ce qui ne correspondait pas à une échéance tellement lointaine s'il fallait en croire Yusharip, le petit extra-terrestre parti dans l'espace avec Lord Mongrove).

Sous son dais de lumière violette, qui ne semblait pas pénétrer jusqu'à la cité proprement dite, Shanalorm rêvait. Certains de ses bâtiments bizarres avaient fondu et demeuraient dans un état semi-liquide, on en discernait encore les contours ; d'autres pourrissaient : sur leur carapace ondulaient moisissure de machine et mousse d'énergie, jaune-vert, bleu bilieux, brun rougeâtre, gémissant et chuchotant dans leur quête de fissures nouvelles par où suinter des réservoirs ; d'étranges petits animaux, indigènes aux villes, déboulaient d'ouvertures qui avaient peut-être été des portes et des fenêtres et détalaient au travers d'ombres bleu pâle, écarlates et mauves, que ne projetait rien de visible ; ils traversaient à la nage des flaques scintillantes d'or et de turquoise, pour faire ripaille de plantes à demi métalliques qui, pour leur part, se nourrissaient de radiations insolites et de cristaux aux structures énigmatiques. Et, pendant ce temps, Shanalorm se chantait à elle-même mille chansons entremêlées, mille harmonies hypnotiques. Autrefois, disait-on, la ville entière, douée de sensibilité, était l'être le plus intelligent de l'univers, mais, devenue sénile, elle n'avait plus que des souvenirs fragmentés. Des images apparaissaient çà et là, par éclairs, sur le métal-joyau pourrissant des édifices : des scènes illustrant la splendeur de Shanalorm, de ses habitants, de son histoire. La ville avait porté bien des noms avant de s'appeler Shanalorm.

« N'est-ce pas ravissant, Jherek ! s'écria l'Orchidée de Fer. Où nous installerons-nous pour notre pique-nique ? »

Jherek flatta de la main la rampe du landau qui entama une très lente descente en spirale pour se stabiliser au milieu des tours et flotter juste à ras du toit des immeubles, des dômes et des globes éclairés de mille teintes indéfinissables.

« Là ? »

Il montrait du doigt une nappe de liquide couleur de rubis ombragée de vieux arbres dont les longues branches rousses effleuraient la surface. Une mousse veloutée, d'un rouge doré, suivait la pente du talus et de minuscules insectes au corps cristallin traçaient dans les airs des sillages éblouissants d'ambre et d'améthyste.

« Oh oui ! C'est parfait ! »

Il fit atterrir le landau. En posant délicatement le pied sur le sol, elle porta un doigt à ses lèvres et parcourut le paysage du regard, de l'air de quelqu'un qui le reconnaît vaguement.

« Serait-ce... ? Se pourrait-il... ? Vous savez, Jherek, je crois que c'est ici que vous avez été *conçu*, mon œuf. Nous nous promenions, votre père et moi — elle désigna, sur la rive opposée, un complexe de bâtiments bas à peine visible au travers d'une brume jaune tournoyante —, précisément là ! Notre conversation portait, comme c'est souvent le cas dans des lieux tels que celui-ci, sur les coutumes des Anciens. Nous discutions, il me semble, des sciences mortes. Il venait justement d'étudier un vieux texte sur la restructuration biologique, et nous nous demandions s'il était encore possible de créer un enfant selon la méthode de l'aube des temps. » Elle éclata de rire. « Les erreurs que nous avons faites au début ! Mais nous avons fini par trouver le truc et vous voici... créature de qualité, produit de l'artisanat le plus qualifié. Peut-être est-ce la raison pour laquelle je vous chéris si profondément, avec une telle fierté. »

Jherek prit sa main d'ébène luisante. Il lui baisa le bout des doigts. Il lui caressa le dos avec douceur. La parole lui manquait, mais il avait le geste doux, l'expression tendre. Il la connaissait assez pour la savoir en proie à une étrange excitation.

Ils s'allongèrent côte à côte sur la mousse confortable, écoutant la musique de la ville, regardant les insectes danser dans la lumière à dominante violette.

« C'est la paix, je crois, que j'apprécie le plus, murmura l'Orchidée de Fer, en se frottant sensuellement la tête contre son épaule, la paix antique. Pensez-vous que nous ayons perdu quelque chose que nos ancêtres possédaient, une certaine qualité d'expérience ? C'est l'avis de Werther. »

Jherek sourit.

« Mon avis à moi, ô la plus splendide des fleurs épanouies, est que tout individu incline vers une expérience individuelle. Nous pouvons faire tout ce que nous voulons du passé.

— Et de l'avenir ? dit-elle rêveusement, passant du coq à l'âne.

— Si l'on doit prendre au sérieux les avertissements de Yusharip, l'avenir est en train de pâlir ; il n'en reste pratiquement rien. »

Mais il ne retenait plus son attention. Elle se leva et descendit au bord de l'étang. En dessous de la surface, tourbillonnaient de chaudes couleurs et, captivée pour l'instant, elle les contempla.

« Je regretterais..., commença-t-elle, puis elle se tut, secouant sa chevelure de ténèbres. Ah ! les *odeurs*, Jherek ! Ne sont-elles pas sublimes ? »

Il se leva et la rejoignit, les plis ondulants de sa robe faisant autour de lui un nuage blanc. Il inspira profondément l'atmosphère chimique et son corps s'éclaira d'une lueur phosphorescente. Il regarda les contours de la ville, de l'autre côté de l'étang, et il se demanda comment elle avait évolué depuis l'époque où elle était peuplée par des êtres humains, où des gens vivaient au milieu de ses moteurs et de ses usines, avant qu'elle ne devienne capable de se suffire à elle-même, qu'elle n'ait plus besoin de leurs soins. Souffrait-elle parfois de solitude, lui arrivait-il de regretter ce qu'elle, en tout cas, devait prendre pour les attentions affectueuses et maladroites des ingénieurs qui lui avaient donné la vie ? Les habitants de Shanalorm avaient-ils, peu à peu, quitté la ville, ou était-ce la ville qui les avait rejetés ? Il passa un bras autour des épaules de sa mère, puis se rendit compte que c'était lui qui tremblait, pris d'un frisson inexplicable.

« Elles sont sublimes, dit-il.

— Assez proches, je suppose, des odeurs de la ville que vous avez visitée... de Londres ? »

Il acquiesça.

« C'est une ville, et leurs éléments essentiels ne varient pas beaucoup. » Puis, comme un autre frisson de nostalgie le parcourait, il demanda avec un petit rire : « Quelles seront les couleurs de notre repas aujourd'hui ?

— Blanc bleuté et indigo, dit-elle. Ces petits escargots aux coquilles azurées... d'où viennent-ils donc ? Et des prunes ! Quoi encore ? De l'aspirine en gelée ?

— Pas aujourd'hui. Je trouve ce plat un peu insipide. Si nous choisissions plutôt un poisson des neiges ?

— Entendu. »

Ôtant sa robe, elle l'étala d'un geste vif sur la mousse où elle devint nappe argentée. Ils s'assirent de chaque côté pour y disposer les éléments du repas.

Mais quand celui-ci fut prêt, Jherek n'avait pas faim. Pour faire plaisir à sa mère, il mangea un peu de poisson, but une ou deux gorgées d'eau minérale, prit une pincée d'héroïne, et fût heureux quand, s'en étant elle-même lassée, elle lui suggéra de désintégrer les restes. Quelque mal qu'il se donnât pour partager de tout son cœur l'enthousiasme de sa mère, il se rendait compte qu'il n'arrivait pas à se purger d'un vague sentiment de malaise. Il savait qu'il aurait aimé être ailleurs, mais il savait aussi qu'il n'y avait nulle part au monde où il pourrait aller pour se débarrasser de cette insatisfaction. Il remarqua qu'elle souriait.

« Jherek ! Vous vous assombrissez, mon cher ! Vous soupirez ! L'heure est peut-être venue d'oublier votre rôle... de l'échanger contre un autre qui soit plus facile à réaliser ?

— Je ne puis oublier Mrs Underwood.

— J'admire votre résolution, je vous l'ai déjà dit. Je vous rappelle simplement, en me fiant à ma connaissance des classiques, que la passion, telle une rose épanouie, finit toujours par se flétrir. Peut-être est-il temps que la vôtre entre dans cette phase d'assoupissement ?

— Jamais. »

Elle haussa les épaules.

« La mise en scène de ce drame est de vous et vous devez, bien entendu, lui être fidèle. Je serais la première à contester la sagesse d'un écart quelconque par rapport à la conception originelle. Votre goût, votre sens de la nuance, votre doigté sont exquis. Je ne discuterai pas davantage.

— Ce n'est plus, apparemment, une question de bon ou de mauvais goût, dit Jherek, en soulevant un morceau d'écorce qu'il fit doucement vibrer contre le tronc. C'est difficile à expliquer.

— N'en est-il pas de même pour toute œuvre d'art réellement importante ? »

Il opina.

« Vous avez raison, Orchidée de Fer. Une œuvre d'art, ce n'est finalement pas autre chose.

— Le dénouement ne saurait tarder, fruit de mes entrailles. » Elle passa son bras sous le sien. « Venez, arpentons un moment ces rues tranquilles. Vous y trouverez peut-être votre inspiration. »

Il se laissa conduire de l'autre côté de l'étang et elle, dans un mouvement de tendre nostalgie, lui parlait de l'amour que son père portait à cette ville-là et de la connaissance approfondie qu'il avait de son histoire.

« Et vous n'avez jamais su qui était mon père ?

— Non. Délicieuse histoire, n'est-ce pas ? Il a gardé d'un bout à l'autre son déguisement. Nous sommes restés amoureux pendant des semaines !

— Aucun indice ?

— Oh !... » Elle eut un petit rire. « J'aurais tout gâché en mettant trop d'ardeur à percer le secret, vous savez. »

Sous leurs pieds, un transformateur enfoui soupira et fit trembler la terre.

2
Le jeu des navires

« Je me demande parfois, dit l'Orchidée de Fer à Jherek pendant que son landau les ramenait de Shanalorm, où va nous conduire cette toquade actuelle pour les découvertes touchant à l'aurore des temps.

— Où elle va nous conduire, ma vie ?

— Sur le plan artistique, j'entends. Bientôt, en grande partie à cause de la mode que vous avez lancée, nous aurons entièrement recréé cette époque jusque dans ses plus infimes détails. Ce sera comme si nous habitions le 19e siècle.

— Oui, magnificence métallique ? »

Il l'écoutait avec courtoisie mais n'arrivait toujours pas à suivre sa pensée.

« Ce que je me demande, Jherek, c'est si nous ne courons pas le risque de porter trop loin le réalisme. Après tout, l'imagination peut s'engorger. Autrefois, vous prétendiez toujours que voyager dans le passé avait plutôt un effet néfaste sur l'idée qu'on s'en faisait... en brouillait les contours, pour ainsi dire... inhibait la créativité.

— Peut-être, admit-il. Mais je ne pense pas que mon *Londres* à moi souffre d'avoir été inspiré par l'expérience plutôt que par le fantasme. Il ne faudrait pas aller jusqu'à l'exagération, évidemment. Par exemple, en ce qui concerne le duc de Queens...

— Je sais que ses œuvres vous plaisent rarement. Elles sont parfois un peu extravagantes, il me semble, superficielles aussi, mais...

— Ce sont ses tendances à la vulgarité qui me gênent, à la multiplicité des effets entassés les uns sur les autres. Je trouve qu'il a fait preuve de sobriété dans son *New York 1930* quoique ses réalisations soient visiblement influencées par les miennes. Ces influences-là peuvent lui être bénéfiques.

— Lui, entre autres, risque d'aller trop loin, répondit-elle, c'est bien ce que je voulais dire. » Puis elle haussa les épaules. « Mais vous aurez vite fait de lancer une nouvelle mode, Jherek, et ils la suivront. » Elle parlait avec une espèce de nostalgie, une espèce d'espoir. « Vous les détournerez des excès.

— Vous êtes bonne.

— Oh ! je suis bien plus que cela. » L'humour éclaira son visage sombre. « Je fais du favoritisme, mon cher ! Vous êtes mon fils !

— Il paraît que le duc de Queens a terminé son *New York*. Si nous allions le voir ?

— Pourquoi pas ? Espérons que lui aussi y sera. J'ai beaucoup de tendresse pour le duc de Queens.

— Moi de même, bien que je ne partage pas ses goûts.

— Il partage les vôtres. Vous devriez être plus généreux. »

Ils éclatèrent de rire.

Le duc de Queens fut enchanté de les voir. Campé à quelque distance de son œuvre, il l'admirait avec un plaisir éhonté. Il était vêtu dans un style datant du 800e siècle, tout en spirales et en serpentins de cristal, yeux d'animaux et bosses de papier, sans compter des gantelets qui rendaient ses mains invisibles. Son visage sensible à la lourde barbe noire se tourna vers le ciel pour héler Jherek et sa mère :

« L'Orchidée de Fer, dans toute sa brune beauté ! Et Jherek ! Je vous rends tout le crédit qui vous est dû, mon cher, en ce qui concerne les sources de mon inspiration. Considérez ceci comme un hommage à votre génie ! »

Le cœur de Jherek s'attendrit, comme toujours devant le duc de Queens. Son goût aurait peut-être pu être meilleur, mais sa générosité était incontestable. Il décida de porter sa création aux nues, quoi qu'il en pensât en son for intérieur.

C'était, en fait, un ensemble relativement sobre.

« La période est la même que celle de votre *Londres*, comme vous pouvez le voir. Très fidèle à l'original, me semble-t-il. »

La main de l'Orchidée de Fer se resserra l'espace d'une seconde sur le bras de Jherek pendant qu'ils descendaient du landau, comme pour confirmer le bien-fondé de son jugement.

« Cette tour que vous voyez au centre, la plus haute, ce sont les appartements de l'Empire State, tout en lapis-lazuli et or, édifiés pour servir de résidence au plus grand roi de New York (Kong le Puissant) qui, vous le savez sûrement, gouverna la ville pendant son âge d'or. La statue de bronze que vous apercevez au sommet de l'édifice est celle de Kong...

— Il est superbe, dit l'Orchidée de Fer, mais presque inhumain.

— N'oubliez pas que nous sommes à l'aurore des temps, observa le duc. L'édifice a deux mille mètres de hauteur (j'en ai relevé les dimensions dans un manuel d'histoire) et offre un exemple splendide de la barbare simplicité qui caractérise l'architecture du début des siècles de l'uranium... du tout début, avanceraient certains. »

Jherek se demanda si le duc de Queens ne citait pas mot à mot son manuel ; ses phrases en donnaient l'impression.

« Les bâtiments ne sont-ils pas un peu trop rapprochés les uns des autres ? » demanda l'Orchidée de Fer.

Le duc de Queens ne se vexa pas.

« Je l'ai fait exprès, déclara-t-il. Les épopées contemporaines font constamment allusion à l'étroitesse des rues qui obligeait les gens à trotter sans cesse pour dégager au plus vite le passage... d'où ce terme de « trottoir » qui est un aspect distinctif de New York.

— Et ça, qu'est-ce que c'est ? fit Jherek, en désignant un groupe de pittoresques cottages au toit de chaume. Ça ne me paraît pas dans le ton du reste.

— C'est le village de Greenwich, une espèce de musée fréquenté par les marins. Un célèbre vaisseau était ancré dans le fleuve. Le voyez-vous d'ici ? »

Il montra un objet amarré à une jetée, qui luisait dans les eaux sombres d'un lagon.

« Ça ressemble à une gigantesque bouteille de verre, dit l'Orchidée de Fer.

— Telle a été mon impression à moi aussi, mais ils arrivaient à naviguer là-dedans, je ne sais pas trop comment. Le secret du mode de propulsion s'est sûrement perdu, mais j'ai dessiné celui-ci sur le modèle d'un navire dont j'ai trouvé trace dans un document. Il s'appelait le *Cutty Sark.* » Le duc de Queens se permit un petit sourire satisfait. « Et c'est là, mon cher Jherek, que j'ai eu le privilège d'être imité. My Lady Charlotina en a été si impressionnée qu'elle s'est lancée dans la reproduction de quelques autres navires célèbres de l'époque.

— Je dois avouer que votre sens du détail est extraordinaire, fit Jherek sur le ton de l'éloge. Mais avez-vous peuplé la ville ? » Il plissa les yeux pour mieux voir. « Toutes ces figurines sont-elles en mouvement ?

— Mais oui ! Il y en a huit millions.

— Et qu'est-ce que c'est que ces petits éclairs lumineux ? s'enquit l'Orchidée de Fer.

— Des voyous, répondit le duc de Queens. New York attirait à l'époque un grand nombre d'artistes, surtout des photographes (que l'on appelait communément “voyeurs” ou “voyous”) et ce que vous voyez, ce sont leurs caméras en action.

— Quand vous faites des recherches, elles sont approfondies, remarqua Jherek.

— Je dois beaucoup à mes sources, je l’avoue, reconnut le duc de Queens. Et j’ai trouvé dans ma ménagerie un voyageur du temps qui a pu m’être de quelque secours. Il ne venait pas précisément de la même époque mais d’assez près pour avoir vu beaucoup de documents qui s’y rapportaient. La plupart des autres bâtiments sont en lurex et en perspex de couleur, les matériaux préférés des artisans de l’aurore du temps. Quant aux talismans protecteurs, ils sont évidemment en néon, pour tenir à l’écart les forces des ténèbres.

— Ah ! oui, fit gaiement l’Orchidée de Fer. Gaf la Jument en Pleurs avait quelque chose de semblable dans son *Canceropolis, 2215*.

— Vraiment ? » Le duc avait pris involontairement un ton distant. Il n’appréciait guère les œuvres de Gaf qu’on l’avait déjà entendu taxer d’« excès de zèle ». « Il faut que j’aille voir ça.

— C’est sur le même thème que le *Birmingham Comestible, Sans Date*, de Po Cœur d’Argonaute, il me semble, dit Jherek, pour détourner un peu la conversation. J’en ai goûté il y a un jour ou deux. C’était délicieux.

— Ce qui lui manque dans le domaine de l’originalité visuelle, il le compense par l’imagination culinaire.

— C’était bien un Birmingham de l’esprit et du palais, opina l’Orchidée de Fer. Certains bâtiments étaient des pastiches éhontés du *Rome 1946* de My Lady Charlotina.

— Quel dommage pour les lions, murmura le duc de Queens sur un ton empreint de sympathie.

— Ils ont échappé à son contrôle, dit l'Orchidée de Fer. Je l'avais avertie. Pas assez de chrétiens. Quand même, j'ai trouvé que désintégrer le tout pour la seule raison que la population avait été dévorée était une mesure quelque peu draconienne. Mais les éléphants volants étaient charmants, n'est-ce pas ?

— Je n'avais encore jamais vu de cirque, dit Jherek.

— J'étais sur le point de partir pour le lac Billy-the-Kid, où un certain nombre de bateaux sont en cours de lancement. » Le duc de Queens désigna du geste la dernière en date de ses voitures aériennes, gigantesque copie de l'une des machines volantes martiennes qui avaient essayé de détruire New York pendant la période à laquelle il s'intéressait. « Vous avez envie de m'accompagner ?

— Merveilleuse idée », fit l'Orchidée de Fer, et Jherek, pensant que c'était une façon comme une autre de passer le temps, se déclara d'accord.

« Nous vous suivrons dans mon landau », dit-il.

Le duc de Queens agita l'une de ses mains invisibles.

« Il y a toute la place qu'on veut dans ma voiture, mais faites comme bon vous semble. »

Il passa la main sous sa robe cristalline et en sortit un casque et des lunettes d'aviateur. Tout en les mettant, il se dirigea à grands pas vers sa machine, en escalada avec quelque difficulté le flanc lisse et s'installa dans le cockpit.

Jherek, amusé, regarda la machine émettre un rugissement, lâcher un flot d'air brûlant qui tourna vite à l'écarlate, une gerbe d'étincelles, une quantité considérable de fumée bleue, puis s'élever en cahotant. Le duc de Queens semblait se spécialiser dans le choix de moyens de transport extrêmement instables.

Le lac Billy-the-Kid avait été agrandi à l'occasion de la régate (ce qui, en soi, était inhabituel), et l'on avait repoussé en arrière les montagnes environnantes pour ménager la place nécessaire à l'excédent d'eau. De petits groupes s'étaient formés çà et là sur le rivage pour contempler les bateaux qui avaient été présentés. Ils faisaient une belle collection.

Jherek et l'Orchidée de Fer atterrirent sur la cendre blanche de la plage et rejoignirent le duc de Queens qui bavardait déjà avec leur hôtesse. My Lady Charlotina arborait encore plusieurs seins, ainsi qu'une paire de bras supplémentaire et sa peau était d'un bleu délicat ; elle portait en guise d'ornement une collerette d'où s'échappaient des fumerolles vaporeuses de diverses couleurs. À leur vue, ses grands yeux s'illuminèrent de plaisir.

« Orchidée de Fer, toujours en deuil à ce que je vois. Et Jherek Carnelian, le plus illustre des explorateurs métatemporels. Je ne vous attendais pas. »

Un peu déconcertée, l'Orchidée de Fer fit prendre, sans ostentation, à la couleur de sa peau une nuance plus naturelle. Sa robe devint, tout à coup, d'un blanc si aveuglant que tout le monde cligna des yeux. Elle en atténua l'éclat, en murmurant des excuses.

« Parmi tous ces bateaux, quel est le vôtre, ma chère ? »

My Lady Charlotina pinça les lèvres, feignant la désapprobation.

« Parmi ces *navires*, ô la plus vénérable des plantes ! Voici le mien. »

Elle inclina la tête en direction d'une immense reproduction de femme couchée à plat ventre dans l'eau, bras et jambes symétriquement étendus, une couronne d'or et de diamants sur sa tête de bois.

« Le *Queen Elizabeth.* »

Sous leurs yeux, un grand panache de fumée noire sortit des oreilles de la statue dont la bouche (qui effleurait la surface de l'eau) laissa échapper un hurlement mélancolique.

« À côté, c'est le *Monitor*, qui a levé l'ancre avec une cargaison de vierges, ou quelque chose d'approchant, n'est-ce pas ? » Ce navire-là était plus petit que le *Queen Elizabeth*, sa coque représentait un corps d'homme, le dos cambré, une énorme tête de taureau posée sur les épaules. « O'Kala Incarnadine n'arrive vraiment pas à se débarrasser de ses obsessions animales. C'est touchant, non ?

— Sont-ils tous de la même période ? s'enquit le duc de Queens. Celui-là, par exemple ? » fit-il, désignant du doigt un vaisseau assez informe. « Il ressemblerait plutôt à une île.

— C'est le S.S. *France*, expliqua My Lady Charlotina. Présenté par Grevol Lockspring. Celui qui s'en approche à toute vapeur, c'est le *Water Lily*... Je suis sûre qu'il ne s'agissait pas d'une plante véritable. » Elle passa en revue certains des navires, parmi les plus travaillés. Le *Mary Rose*. Le *Hindenburg*. Le *Patna*. « Celui-là, vous ne trouvez pas qu'il est beau, majestueux ? C'est le *Leningrad*.

— Ils sont tous ravissants, fit l'Orchidée de Fer d'un ton vague. Que feront-ils quand ils seront rassemblés ?

— Ils livreront bataille, évidemment, dit My Lady Charlotina avec excitation. C'est pour ça qu'ils ont été construits, voyez-vous, à l'aurore des temps. Imaginez la scène — une lourde brume sur les eaux, deux navires en manœuvres, chacun ignorant où est l'autre, ne sachant où le trouver. Ce sont, disons, mon *Queen Elizabeth* et le *Nautilus* de Po Cœur d'Argonaute (je crains qu'il ne fonde avant la fin de la régate). Le *Nautilus* voit le *Queen Elizabeth*, ses cornes de brume dissipent le brouillard, il pointe ses cheminées et — *whoush* — le *Queen Elizabeth* est mitraillé par des milliers de petites aiguilles paralysantes — il frémit et riposte — de ses gaillards d'avant (ça devrait être ses seins ; en tout cas, c'est là que je les ai situés) se déversent de meurtriers gorilles, qui s'enroulent autour du *Nautilus* et s'efforcent de l'entraîner sous les eaux. Mais le *Nautilus* ne se laisse pas vaincre si facilement... Enfin, vous imaginez le reste, je ne veux pas vous gâcher la véritable régate. Presque tous les navires sont arrivés. Il y en a encore, je crois, un ou deux qui doivent se présenter, et puis nous commençons.

— Je suis dévoré d'impatience, fit distraitement Jherek. À propos, Brannart Morphail habite-t-il toujours chez vous, My Lady Charlotina ?

— Il a ses appartements En-dessous-du-lac, oui. C'est là qu'il doit se trouver actuellement, je suppose. Je lui avais demandé de m'aider à dessiner le *Queen Elizabeth*, mais il était trop occupé.

— Il m'en veut toujours ?

— Eh bien, vous lui avez perdu une de ses meilleures machines à voyager dans le temps.

— Elle n'est donc pas revenue ?

— Non. Vous l'attendiez ?

— Je me disais que Mrs Underwood s'en servirait peut-être pour revenir chez nous. Si elle le faisait, vous m'en avertiriez ?

— Vous savez bien que oui. Vos relations avec elle m'intéressent au plus haut point.

— Merci. Et Lord Jagged des Canaries, l'avez-vous vu récemment ?

— Il était censé venir aujourd'hui. Il m'avait à moitié promis de présenter un navire, mais il est certainement aussi paresseux qu'il l'a toujours été et il a dû oublier. Il n'est pas impossible qu'il soit dans une de ses phases étranges au cours desquelles il se montre si peu sociable. Il lui arrive de se retirer du monde de temps en temps, vous ne l'ignorez pas. Ô Maîtresse Christia, qu'y a-t-il ? »

La Concubine Éternelle joua de ses longs cils sur ses larges yeux bleus. Vêtue d'un nuage rose, elle portait un chapeau de même couleur sur ses cheveux d'or. Ses mains étaient gantées de rose, et elle présentait quelque chose qui reposait sur ses paumes ouvertes.

« Ce n'est pas exactement destiné à concourir, dit-elle, mais j'ai pensé que ça pourrait vous plaire.

— Et vous avez eu raison ! Cela s'appelle comment ?

— *Vénus-La-Belle.* » Maîtresse Christia sourit à Jherek. « Bonjour, mon cher. La flamme de votre désir brûle-t-elle toujours aussi ardemment ?

— Je suis amoureux en ce moment, répondit-il.

— Vous faites une distinction ?

— On m'a assuré qu'il en existait une. »

Il déposa un baiser sur son nez aux proportions parfaites. Elle lui chatouilla l'oreille.

« Où avez-vous découvert toutes ces anciennes émotions si ravissantes ? demanda-t-elle. Vous devriez en discuter avec Werther. Il s'intéresse aux mêmes choses que vous, mais il n'y met pas autant de panache, j'en ai peur. Est-ce qu'il vous a parlé de son "péché" ?

— Je ne l'ai pas revu depuis son retour en 1896. »

My Lady Charlotina interrompit la conversation, en plaçant une main caressante sur la cuisse de Maîtresse Christia.

« Werther s'est surpassé... et vous aussi, Concubine Éternelle. Vous n'êtes pas en train de le critiquer, je suppose ?

— Comment le pourrais-je ? Il *faut* que je vous raconte le "crime" de Werther, Jherek. Tout a commencé un jour où je lui avais accidentellement cassé son arc-en-ciel... » Et elle s'embarqua dans un récit que Jherek trouva fascinant, non seulement parce que c'était vraiment une très belle histoire, mais aussi parce qu'elle lui semblait avoir un rapport avec certaines des idées qu'il remuait dans sa propre tête. Il regretta de ne pas se plaire davantage en la compagnie de Werther mais chaque fois qu'il essayait de nouer la conversation avec le sombre solitaire, Werther l'accusait d'être superficiel ou insensible et le dialogue se transformait en un échange de questions étonnées de la part de Jherek et de récriminations du côté de Werther.

Maîtresse Christia et Jherek Carnelian se promenèrent bras dessus, bras dessous sur le rivage. La Concubine Éternelle jacassait toujours gaiement. Sur le lac Billy-the-Kid, les navires commençaient à prendre position. Le soleil brillait sur l'eau bleue et tranquille ; le murmure de conversations animées s'élevait çà et là, et, tandis que Maîtresse Christia en arrivait à la fin de son récit, Jherek sentit sa bonne humeur lui revenir.

« Werther vous a été reconnaissant, j'espère, dit-il.

— Oh ! oui. Il *est* très sincère, Jherek, d'une manière différente.

— J'en suis convaincu d'avance. Dites-moi, est-ce qu'il... ? » Mais il s'interrompit en reconnaissant au bord de l'eau la haute silhouette de l'homme en grande conversation avec Po Cœur d'Argonaute (qui portait, comme toujours, son bonnet de cuisinier). « Excusez-moi, Maîtresse Christia. Vous ne me trouverez pas grossier si je parle à Lord Jagged ?

— De votre part, rien ne saurait m'offenser, ma délicatesse.

— Lord Jagged ! s'écria Jherek. Comme je suis heureux de vous voir ici. »

Beau et las, une ombre de sourire sur son long visage pâle, Lord Jagged se retourna. Il était vêtu de soie écarlate, une fraise encadrait comme à l'accoutumée sa tête aux cheveux presque blancs qui lui tombaient jusqu'aux épaules.

« Jherek, sel de ma vie ! Po Cœur d'Argonaute était en train de me donner la recette de son navire. Il m'assure que, contrairement à ce qu'on raconte il ne fondra pas avant au moins quatre heures. Vous serez aussi avide que moi de savoir comment il a accompli cet exploit.

— Bonjour, Cœur d'Argonaute, fit Jherek avec un signe de tête en direction du corpulent et rayonnant inventeur qui avait, entre autres, mis au point la recette du Volcan succulent. J'espérais, Lord Jagged, vous dire un mot... »

Po Cœur d'Argonaute s'éloignait déjà, fermement entraîné par Maîtresse Christia, toujours pleine de tact.

« ... au sujet de Mrs Underwood, acheva Jherek.

— Elle est revenue ? »

Les traits aquilins de Lord Jagged n'exprimaient absolument rien.

« Vous savez bien que non. »

Le sourire de Lord Jagged s'élargit d'un degré.

« Vous commencez à m'attribuer une espèce de prescience, Jherek. J'en suis flatté, mais je ne mérite pas cette distinction. »

Troublé par la subtile altération qui s'était récemment produite dans leurs vieux rapports d'amitié, Jherek baissa la tête.

« Pardonnez-moi, gentil Jagged. J'ai la tête farcie d'hypothèses. Je suis, pour reprendre les termes des Anciens, "hyper-excité".

— Vous avez peut-être contracté l'une de leurs vieilles maladies, mon souffle ? De l'espèce qui ne pouvait se transmettre que par la parole... qui attaquait le cerveau, lequel à son tour attaquait le corps...

— C'est vous qui avez choisi pour spécialité les sciences de l'aurore des temps, Lord Jagged, pas moi. Si vous êtes en train de poser un diagnostic réfléchi... »

Lord Jagged rit de bon cœur, ce qui lui arrivait rarement, et passa un bras autour des épaules de son ami.

« Mon lutin luxurieux, ma poule aux œufs d'or, mon chagrin, ma prière. Vous êtes en excellente santé ! Je me demande même si vous n'êtes pas le seul d'entre nous qui le soit ! »

Et, sur ces paroles énigmatiques bien dans sa manière, il refusa d'en dire davantage, attirant l'attention de Jherek sur la régate qui venait enfin de commencer. Une vilaine brume jaune s'était étendue sur la mer étincelante, qu'elle rendait boueuse ; on avait obscurci le soleil et de grandes ombres noires rampaient sur l'eau à grands bruits de sirène.

Jagged arrangea sa fraise autour de son visage, mais sans cesser d'enlacer Jherek.

« Ils vont se battre jusqu'à la mort, paraît-il. »

3

Un quémandeur à la cour du temps

« Qu'est-ce, sinon décadence pure et simple, dit Li Pao, le raseur en titre de My Lady Charlotina (et qui, comme la plupart des voyageurs du temps, était fâcheusement enclin à prendre les choses au pied de la lettre), que passer ses jours à imiter le passé ? Et si encore c'était sur ses vertus que vous preniez exemple. »

Il chassa d'un air maussade une poussière sur son costume de coton bleu passé. Il ôta sa casquette bleue et s'essuya le front.

« Ses vertus ? » murmura l'Orchidée de Fer, intriguée. Elle avait déjà entendu ce mot-là.

« Ce que le passé avait de mieux. Ses coutumes, sa morale, sa tradition, son éthique...

— Ses tiques ? fit Gaf la Jument en Pleurs, relevant la tête qu'elle avait baissée pour inspecter son pénis nouvellement apparu.

— Les paroles de Li Pao sont toujours si difficiles à traduire », dit My Lady Charlotina, leur hôtesse. Ils s'étaient retirés dans son grand palais d'En-dessous-du-lac, où elle leur servait du rhum et des biscuits. Les navires avaient été coulés jusqu'au dernier. « Ce n'est pas des tiques que vous vouliez parler, mon cher ?

— Non. D'éthique, fit Li Pao, désireux de ne pas perdre son public. De système moral, de grand dessein. »

Jherek Carnelian lui-même, expert en philosophies de l'aurore des temps, se maintenait difficilement à son niveau. Comme l'Orchidée de Fer se tournait vers lui pour quêter une explication, il se contenta de hausser les épaules et de sourire.

« Ce que je veux dire, fit Li Pao en haussant un peu le ton, c'est que vous pourriez faire un bon usage de tout ceci. L'extra-terrestre, Yusharip... »

Le duc de Queens, gêné, toussota.

« ... était informé d'un cataclysme inéluctable. Ou, du moins, qu'il jugeait, lui, inéluctable. Il n'est pas impossible que vous soyez en mesure de sauver l'univers grâce à vos ressources scientifiques.

— Nous ne les comprenons plus vraiment, voyez-vous », expliqua d'une voix douce Maîtresse Christia, en s'agenouillant à côté de Gaf la Jument en Pleurs. « Il est d'une couleur merveilleuse, dit-elle à Gaf.

— Nous sommes ici plusieurs, prisonniers de votre caprice, comme moi-même, qui pourrions peut-être, si on nous en donnait l'occasion, essayer de comprendre les principes sur lesquels ces ressources reposent, reprit Li Pao. Jherek Carnelian, vous vous êtes donné pour but de redécouvrir toutes les anciennes vertus, vous voyez sûrement à quoi tend mon propos ?

— Pas précisément, fit Jherek. Pourquoi voudriez-vous sauver l'univers ? N'est-il pas préférable de le laisser suivre son cours naturel ?

— Il y avait à mon époque, dit Li Pao, des mystiques qui jugeaient déraisonnable de “contrarier la nature”, comme ils disaient. Mais si on les avait écoutés, vous n'auriez pas les ressources d'énergie dont vous disposez à présent.

— Nous n'en serions pas moins heureux, assurément. » O'Kala Incarnadine mâchonnait patiemment son biscuit ; sa voix était un peu bêlante, car il avait remodelé son corps pour lui donner l'apparence d'un mouton. « On n'a pas besoin d'énergie pour être heureux, n'est-ce pas ?

— Ce n'est pas exactement ce que je voulais vous dire. » La jolie peau jaune de Li Pao virait légèrement au rose. « Vous êtes immortels... et pourtant vous péririez quand même lorsque la planète sera détruite. Dans deux cents ans peut-être, vous serez morts. Avez-vous envie de mourir ? »

My Lady Charlotina bâilla.

« La plupart d'entre nous sont morts à un moment ou à un autre. Tout récemment encore, Werther de Goethe s'est tué en se jetant sur des rochers. N'est-ce pas, Werther ? »

Werther au sombre visage sirotait son rhum d'un air morose. D'un soupir il indiqua son accord.

« Mais je parle d'une mort permanente... sans résurrection. » La voix de Li Pao rendait un son presque désespéré. « Il faut que vous compreniez. Aucun d'entre vous n'est inintelligent.

— Je suis inintelligente, coupa Maîtresse Christia dont l'orgueil était blessé.

— C'est ce que vous prétendez. » Li Pao balaya son intervention d'un geste. « Avez-vous envie d'être morte pour toujours, Maîtresse Christia ?

— Je n'ai jamais tellement réfléchi à cette question. Je suppose que non. Mais ça ne ferait aucune différence, n'est-ce pas ?

— Pour qui ?

— Pour moi. Si j'étais morte. »

Li Pao fronça les sourcils.

« Mieux vaudrait que nous soyons tous morts, inutiles mangeurs de lotus que nous sommes. »

Le monologue discordant de Werther de Goethe provenait du côté le plus éloigné de la pièce. Il contemplait fixement son reflet sur le sol.

« Vous ne parlez que d'attitudes, Werther, répliqua l'ex-membre du comité central de la République populaire du 27e siècle. De rôles poétiques. Moi, je parle de la réalité.

— Les rôles poétiques n'ont-ils rien de réel ? lança Lord Jagged des Canaries qui arpentait la pièce d'un pas nonchalant, tout en admirant les fleurs qui poussaient au plafond. Votre rôle n'a-t-il jamais été poétique, Li Pao, quand vous viviez à votre époque ?

— Poétique ? Jamais. Idéaliste, bien sûr, mais c'est à la dure réalité que nous avions affaire.

— J'ai cru comprendre qu'il existait différentes formes de poésie.

— Vous ne cherchez qu'à troubler la discussion, Lord Jagged. Je vous connais depuis longtemps.

— Je croyais viser à la clarification. Par la métaphore, peut-être, admit-il, et c'est une figure de style qui, apparemment, ne clarifie pas toujours les choses. Quoiqu'elle marche très bien avec certains.

— Je suis sûr que, si vous contrez délibérément mes arguments, c'est parce que vous êtes à moitié d'accord avec eux. »

Li Pao pensait visiblement avoir marqué un point.

« Je suis à moitié d'accord avec *tous* les arguments, mon cher ! » Le sourire de Lord Jagged semblait un peu las. « Tout est réel. Ou peut être rendu réel.

— Avec les ressources dont vous disposez, certainement, acquiesça Li Pao.

— Ce n'est pas exactement ce que je voulais dire. Vous avez réalisé votre rêve, n'est-ce pas ? Votre rêve de la République ?

— Il se fondait sur la réalité.

— Le peu de connaissances que j'ai de votre époque ne me permet pas de contester cette déclaration avec quelque énergie, je le crains. Mais, je me le demande, de qui venaient les rêves sur lesquels reposaient ces fondations.

— C'étaient des *rêves*, oui...

— D'inspiration poétique ?

— Eh bien... »

Lord Jagged rassembla autour de lui les plis de sa large robe.

« Pardonnez-moi, Li Pao, car je me rends compte que j'ai effectivement troublé votre discussion. Continuez, je vous en prie. Je ne vous interromprai pas davantage. »

Mais Li Pao avait perdu son élan. Il retomba dans un silence boudeur.

« Le bruit court, magnifique Lord Jagged, que vous avez vous-même voyagé dans le temps. Parlez-vous ainsi pour avoir directement connu l'époque de Li Pao ? s'enquit Maîtresse Christia en relevant la tête qu'elle avait mise en contact avec l'aine de Gaf.

— Comme je crois fermement aux possibilités inhérentes des bruits qui courent en tant que réalisations artistiques potentielles, dit Lord Jagged avec douceur, ce n'est pas moi qui confirmerai ou contredirai ce que vous avez pu entendre dire, douce Maîtresse Christia.

— Oh ! absolument ! »

Elle reporta toute son attention sur l'anatomie de Gaf.

Jherek se retint, non sans difficulté, de harceler davantage Lord Jagged sur ce sujet précis, mais il continua de lui-même :

« Certains pourraient avancer que le temps n'existe pas du tout en réalité, que ce sont seulement nos cerveaux primitifs qui imposent un certain ordre aux événements. J'ai entendu arguer que tout arrive, pour ainsi dire, simultanément. Certains des plus grands inventeurs de machines à voyager dans le temps ont exploité cette théorie avec avantage. »

Jherek, feignant désespérément une indifférence totale, se servit une nouvelle rasade. Mais, quand il parla, son ton n'était pas entièrement normal.

« Serait-il possible, je me le demande, de fabriquer une nouvelle machine à voyager dans le temps ? Si les mémoires de Shanalorm, ou de quelque autre ville, étaient fiables...

— Elles ne le sont pas ! » coupa la voix querelleuse de Brannart Morphail. Il avait ajouté cinq ou six centimètres à sa bosse depuis sa dernière rencontre avec Jherek. Son pied bot était vraiment exagéré. Il s'avança en boitant. Sa blouse était couverte de tâches résiduelles provenant des diverses substances qu'il utilisait dans ses laboratoires. « J'ai visité chacune de ces villes pourries. Elles nous donnent leur énergie, mais leur sagesse s'est évanouie. J'ai écouté votre discours, Lord Jagged. C'est une théorie qui m'est familière, elle est chère au cœur des non-scientifiques. Je vous assure, cependant, qu'on n'arrive à rien avec le temps si on ne le considère pas comme linéaire.

— Brannart, risqua Jherek, j'espérais bien vous rencontrer ici !

— Êtes-vous décidé à m'importuner encore, Jherek ? Je n'ai pas oublié que vous m'aviez perdu l'une de mes meilleures machines à voyager dans le temps.

— Vous n'en avez donc eu aucun signe ?

— Aucun. Mes instruments sont trop grossiers pour la détecter si, comme je le soupçonne, elle est allée se perdre dans une époque antérieure à l'Aurore des Temps.

— Et la théorie cyclique ? fit Lord Jagged. Lui accorderiez-vous quelque crédit ?

— Dans la mesure où elle correspond à certaines lois de la physique, oui.

— Comment se raccorderait-elle avec les informations qui nous ont été données par le petit extraterrestre du duc ?

— J'avais espéré poser quelques questions à Yusharip... et j'aurais peut-être pu le faire si Jherek ne s'en était pas mêlé.

— Je regrette, dit Jherek, mais...

— Vous êtes une preuve vivante de la non-mutabilité du temps, dit Brannart Morphail. Si vous pouviez retourner en arrière et redresser le cours des événements que vous avez déformé par vos manigances idiotes, alors oui, vous pourriez me prouver votre remords. Comme la chose est impossible, je vous prie de ne pas me l'exprimer davantage.

Délibérément, Brannart Morphail se tourna vers Lord Jagged, un sourire tordu et faux sur ses traits antiques.

« Vous me parliez donc, cher Lord Jagged, de la nature cyclique du temps ?

— Je vous trouve un peu dur pour Jherek, fit Lord Jagged. Après tout, My Lady Charlotina connaissait, dans une certaine mesure, les conséquences de sa plaisanterie.

— N'en parlons plus. Vous vous demandiez si les informations de Yusharip sur la mort du cosmos — l'univers achevant un cycle pour en amorcer un autre — étaient en rapport direct avec la théorie cyclique ?

— Ce n'était qu'une idée qui me passait par la tête, rien de plus, dit Lord Jagged avec un clin d'œil par-dessus son épaule en direction de Jherek. Vous devriez vous montrer plus aimable avec ce garçon, Brannart. Il pourrait vous apporter des renseignements qui vous seraient d'une utilité considérable, n'est-ce pas ? J'ai l'impression que, si vous êtes en colère contre lui, c'est parce que ses expériences tendent à contredire vos théories.

— Balivernes ! C'est avec l'interprétation qu'il donne de ses expériences que je ne suis pas d'accord. Elle est naïve.

— Elle est vraie, dit Jherek d'une petite voix. Mrs Underwood m'a affirmé qu'elle me rejoindrait, vous savez. Je suis sûr qu'elle le fera.

— Impossible... ou, à tout le moins, improbable. Le temps n'autorise pas les paradoxes. La théorie Morphail démontre sans aucun doute possible que lorsqu'un visiteur du temps s'est rendu dans l'avenir, il ne peut plus séjourner dans le passé ; de même, tout séjour dans le passé est limité, pour la raison que si voyageur il restait, il pourrait modifier le cours de l'avenir et par conséquent créer le chaos. L'effet Morphail est un terme choisi par moi pour décrire un phénomène bien réel : le fait que personne n'ait jamais pu reculer dans le temps et *demeurer* dans le passé. Que votre séjour à l'aurore des temps ait été d'une longueur inhabituelle ne suffit pas à vous permettre d'affirmer que ma description comporte une faille. De même, vos chances de voir revenir votre voyageuse du 19e siècle en ce point précis du temps sont infimes : une contre plusieurs millions. Vous pourriez évidemment vous lancer à sa recherche à travers les millénaires et, si vous réussissiez à la retrouver, la ramener ici. Elle n'a pas de machine à voyager dans le temps et ne peut donc pas contrôler ses déplacements dans l'avenir.

— Ils en avaient, de ces machines-là, à son époque, dit Jherek, en tout cas d'un type primitif. Leur littérature y fait souvent allusion.

— Peut-être, mais *nous* n'en avons jamais rencontré d'autre datant de cette époque-là. La façon dont elle a atterri ici reste un mystère.

— Peut-être un autre voyageur du temps l'a-t-il amenée ? » Jherek, heureux d'avoir l'oreille de Brannart, se cantonnait prudemment dans le domaine des hypothèses. En privé, il rendait grâces à Lord Jagged pour avoir rendu cela possible. « Elle m'a parlé une fois d'un personnage masqué qui s'était introduit dans sa chambre peu avant qu'elle se retrouve à notre époque.

— Pourtant, dit Morphail avec agitation, je vous ai répété à plusieurs reprises que je n'ai aucune trace d'une machine à voyager dans le temps qui se serait matérialisée dans le laps de temps au cours duquel vous prétendez qu'elle est arrivée. Depuis ma dernière conversation avec vous, Jherek, j'ai procédé à des vérifications minutieuses. Vous êtes dans l'erreur... ou alors elle vous a menti...

— Elle ne peut pas me mentir, pas plus que je ne puis lui mentir, dit Jherek avec simplicité. Nous sommes amoureux l'un de l'autre, comprenez-vous.

— Oui, oui ! Amusez-vous comme vous l'entendez, Jherek Carnelian, mais pas aux frais de Brannart Morphail.

— Ah ! mon faiseur de prodiges au front ridé, ne pouvez-vous vraiment montrer un peu plus de générosité pour notre aventureux Jherek ? Qui d'autre parmi nous aurait la témérité de risquer ainsi une plongée dans les émotions de l'Aurore des Temps.

— Moi, fit Werther de Goethe, qui n'était plus à l'écart. Et avec une idée plus nette de mes propres actes, j'espère.

— Mais vos états d'âme sont très sombres, Werther, dit Lord Jagged avec douceur. Ils ne nous divertissent pas autant que ceux de Jherek.

— Je me moque de ce que la majorité pense, répliqua Werther. Un groupe plus sélect d'individus a, me dit-on, une opinion plus favorable de mes propres explorations. C'est à peine si Jherek a effleuré le problème du "péché" !

— Je n'y ai rien compris, vaniteux Werther, même après avoir écouté vos explications, dit Jherek en guise d'excuse. J'ai essayé, d'autant plus qu'il s'agissait là d'un concept que Mrs Underwood partageait avec vous.

— Vous avez essayé, dit Werther avec mépris, et vous avez échoué. Moi pas. Demandez à Maîtresse Christia.

— Elle me l'a raconté. J'étais très admiratif. Elle vous le confirmera.

— Vous m'avez envié ? »

Une lueur d'espoir éclaira le regard sinistre de Werther.

« Oui, bien sûr. »

Werther sourit. Il eut un soupir satisfait. Il posa magnanimement une main sur le bras de Jherek.

« Venez un jour dans ma tour. J'essaierai de vous aider à comprendre la nature du péché.

— Vous êtes bon, Werther.

— Je ne cherche qu'à vous éclairer, Jherek.

— Vous trouverez cette tâche difficile, dit méchamment Brannart Morphail. Donnez-lui de meilleures manières et, quant à moi, je vous serai éternellement reconnaissant. »

Jherek rit.

« Brannart, ne courez-vous pas le risque de pousser trop loin votre "colère" ? »

Il fit un geste en direction du savant, qui leva une main à six doigts.

« Ne venez plus quémander auprès de moi, s'il vous plaît. Votre machine à voyager dans le temps, si vous en voulez une, trouvez-la vous-même. Continuez à vous illusionner sur le retour de votre voyageuse, si vous le désirez. Mais, je vous en supplie, Jherek, ne me mêlez plus à tout ça. Votre ignorance est exaspérante et comme vous refusez la vérité, je ne veux avoir aucun rapport avec vous. Mon travail m'attend. » Il marqua une pause. « Bien entendu, si vous pouviez me rapporter la machine à voyager dans le temps que vous avez perdue, je m'arrangerais pour vous consacrer quelques instants. » Et, gloussant de rire, il reprit le chemin de ses laboratoires.

« Il se trompe sur un point, murmura Jherek à Lord Jagged, car ils avaient des machines à voyager dans le temps en 1896, comme vous le savez. C'est sur vos directives que j'ai été placé dans l'une d'elles et renvoyé ici.

— Ah ! fit Lord Jagged, en étudiant le tissu de sa manche. Vous m'avez déjà dit ça.

— J'ai beaucoup de peine, dit brusquement Jherek. Vous ne me donnez aucune réponse directe (c'est votre droit, bien sûr), et Brannart me refuse son aide. Que dois-je faire, Jagged ?

— Retirer du plaisir de cette expérience, assurément.

— Je me lasse si facilement de mes plaisirs, ces jours-ci. Et, pour ce qui est de jouir des expériences actuelles, mon imagination me fait défaut, mon cerveau me trahit.

— Vos expériences dans le passé vous auraient-elles fatigué plus que vous ne le croyez ?

— Je suis certain que c'était vous, Jagged, en 1896. Je me suis dit tout à coup qu'au fond vous n'en étiez peut-être même pas conscient.

— Ô Jherek, mon valet de cœur, quelles juteuses abstractions vous insinuez là ! Combien nos deux tempéraments sont proches ! Il faut développer vos théories. Des aventures temporelles inconscientes ! »

Lord Jagged prit Jherek par le bras et l'entraîna vers l'endroit où s'était réuni le gros de la troupe.

« Mon hypothèse se fonde, commença Jherek, sur l'idée que vous et moi sommes bons amis et que, par conséquent, vous n'iriez pas, volontairement...

— Plus tard. Je vous écouterai plus tard, mon amour, quand nous aurons accompli nos devoirs d'hôtes. »

Et, de nouveau, Jherek Carnelian n'eut plus qu'à se demander si Lord Jagged des Canaries n'était pas, sous ses airs mondains, tout aussi perdu que lui.

4
Vers les chauds pics neigeux

L'évêque Castle était arrivé tard. Il fit une entrée splendide, avec son énorme coiffure deux fois plus haute que lui et copiée sur une tour de pierre de l'aurore des temps. Il avait de grands sourcils roux broussailleux, ainsi qu'une longue et belle chevelure de même couleur qui encadrait ses traits saturniens et tombait sur sa poitrine. Il portait une robe d'or et d'argent et tenait à la main le gros manche à balai ornemental qui avait été l'insigne d'un quelconque ordre religieux du 21e siècle. Il s'inclina devant My Lady Charlotina.

« J'ai laissé mon navire un peu plus loin, Ô la plus splendide des hôtesses ! Il ne restait des autres que quelques débris flottant à la surface. Dois-je en déduire que j'ai manqué la régate ?

— Hélas, oui. » My Lady Charlotina s'approcha de lui et prit sa longue main. « Mais vous allez goûter à notre festin maritime. » Elle l'attira vers les barils de rhum. « Chaud ou froid ? » demanda-t-elle.

Pendant que l'évêque Castle sirotait son rhum, My Lady Charlotina lui décrivit les batailles qui avaient eu lieu ce jour-là sur le lac Billy-the-Kid. « Et la méthode choisie par le *Bismarck* de Lady Voiceless pour couler mon *Queen Elisabeth* était ingénieuse, c'est le moins qu'on puisse dire.

« Une torpille dans la cale ! fit Sweet Orb Mace en se complaisant dans un discours auquel elle ne comprenait rien. Hissé par ses haubans. Démantelé dans sa mâture ! Torpillé par le travers ! » Son clair visage jaune et poilu s'anima. « Défoncé, ajouta-t-elle, sous la ligne de flottaison.

— Exactement, ma chère. Votre connaissance des subtilités nautiques est admirable.

— Amiral ! fit Sweet Orb Mace en gloussant de rire.

— Allez-y donc plus doucement sur le rhum et un peu plus fort sur les biscuits », conseilla My Lady Charlotina en conduisant l'évêque Castle vers son hamac. Il s'installa non sans difficulté à côté d'elle (sa coiffure avait tendance à le faire basculer sur le côté s'il n'y prenait pas garde). L'évêque Castle aperçut Jherek et agita son manche à balai dans sa direction en guise de salut amical.

« Toujours à la poursuite de vos amours, Jherek ?

— Dans toute la mesure de mes moyens, ô la plus éminente des mitres. » Jherek s'éloigna de Lord Jagged. « Comment vont vos hiboux géants ?

— Je les ai désintégrés, je regrette d'avoir à le dire. J'avais conçu le projet de me construire un Vatican de la même époque que votre Londres — comme vous le savez, je suis l'esclave de la mode — mais les seules références que j'aie pu trouver à cette cité la situaient sur Mars environ un millier d'années plus tard, ce qui m'oblige à supposer que les deux villes n'ont pas été contemporaines. Dommage. Un Hollywood que j'avais commencé n'ayant abouti à rien, j'ai dû renoncer à vous faire concurrence. Mais quand vous partirez, jetez un coup d'œil sur mon navire. J'espère que vous apprécierez les recherches approfondies dont il a été l'objet.

« Comment s'appelle-t-il ?

— Le *Mae West*, dit l'évêque Castle. Vous le connaissez, je suppose.

— Non. Ce qui le rend encore plus intéressant. »

L'Orchidée de Fer les rejoignit, les traits presque indiscernables dans leur blancheur aveuglante.

« Nous projetions un pique-nique du côté des Chauds-Pics-Neigeux, Charlotina. Aimeriez-vous venir avec nous ?

— Quelle idée exquise ! Bien sûr que je vais venir. Je pense que nous avons à peu près épuisé les ressources de ce divertissement-ci. Et vous, Jherek, venez-vous ?

— Je pense. À moins que Lord Jagged... » Il se retourna pour chercher son ami, mais celui-ci avait disparu. Il haussa les épaules, résigné à s'accommoder de son absence. « J'en serais enchanté. Il y a un temps fou que je n'ai pas vu les pics. Je ne savais même pas qu'ils existaient encore.

— Est-ce que ce n'est pas quelque chose que Mongrove avait créé un jour qu'il était d'une humeur moins sombre que d'habitude ? demanda l'évêque Castle. À propos, quelqu'un a-t-il entendu parler de lui ?

— Pas depuis qu'il s'est élancé dans l'espace avec Yusharip, répondit l'Orchidée de Fer en balayant la salle du regard. Où est le duc de Queens ? J'avais espéré qu'il souhaiterait nous accompagner.

— L'un de ses voyageurs du temps — il les appelle "les membres de sa suite", à ce que j'ai cru comprendre — est venu lui apporter un message. Celui-ci l'a excité. Il est parti les yeux brillants et les joues empourprées. Peut-être un autre voyageur qui aurait débarqué à notre époque. »

Jherek refusa de se laisser émouvoir par cette nouvelle.

« Est-ce que Lord Jagged est allé avec lui ?

— Je n'en sais rien. Je ne m'étais pas aperçue qu'il était parti. » My Lady Charlotina haussa ses fins sourcils. « Bizarre qu'il ne soit pas venu déposer ses hommages à mes pieds avant son départ. Cette hâte et ce mystère aiguisent ma curiosité.

— La mienne aussi », fit Jherek avec sentiment, mais il était résolu à rester aussi insouciant que possible et à attendre son heure. Si Amelia Underwood était revenue, il le saurait assez tôt. Il admira cette maîtrise de ses nerfs ; il en fut même légèrement étonné.

« Ce paysage n'est-il pas piquant ? » fit l'Orchidée de Fer avec des airs de propriétaire. La pente sur laquelle ils avaient disposé leur pique-nique leur offrait un point de vue dégagé sur plusieurs dizaines de kilomètres. Ils voyaient en contrebas des plaines, des fleuves et des lacs de couleurs douces aux nuances variées. « C'est tout à fait intact. Personne n'y a touché depuis que Mongrove l'a créé.

— J'avoue ma préférence pour ses premières œuvres », acquiesça l'évêque Castle en passant une main sensuelle sur la neige étincelante qui recouvrait les flancs des rochers les plus éminents. Elle était à prédominance blanche, à peine teintée d'un bleu pâle extrêmement subtil. Quelques petites fleurs pointaient leur tête délicate à la surface. Elles étaient pour la plupart indigènes à ce type de terrain alpin : Jherek reconnut parmi elles le vert-de-gris orange et le tesson de bouteille jaune, ainsi qu'une autre qui devait être, selon lui, une espèce de bouton de Saint-Buck verdâtre.

Sweet Orb Mace, qui avait insisté pour les accompagner, dévalait la pente au milieu d'une avalanche de neige chaude, avec des rires et des cris qui nuisaient à la tranquillité de la scène. Elle essaya de se relever, mais la neige collait à sa fourrure et elle fit un faux pas, retomba, repartit d'une glissade, resta suspendue, incapable de se dégager tant elle riait, au-dessus d'un précipice qui devait bien mesurer deux cents mètres. Puis la neige céda et, avec un cri de surprise, elle tomba.

« Qu'est-ce qui a bien *pu* pousser Mongrove à cette expédition dans l'espace ? dit My Lady Charlotina avec un sourire de politesse dans la direction générale de Sweet Orb Mace qui venait de disparaître. Je ne puis croire qu'elle ait réellement pu être votre père, Jherek, vous savez, aussi bon qu'ait été son déguisement.

— C'est un bruit qui a couru avec insistance à une certaine époque, dit l'Orchidée de Fer en caressant les cheveux de son fils d'où elle ôta de petites particules de neige. Mais je suis d'accord, Charlotina, ce ne serait pas tout à fait dans le style de Sweet Orb Mace. Croyez-vous qu'elle soit en bon état ?

— Oh ! bien sûr ! Et si elle a oublié d'utiliser son neutraliseur de gravité, nous pourrons toujours la ressusciter plus tard. Personnellement, j'apprécie ce calme.

— J'ai cru comprendre aux discours de Mongrove qu'il considérait comme son destin d'accompagner Yusharip, dit l'évêque Castle. Pour avertir l'univers du péril qui le menace.

— Je n'ai jamais pu imaginer quel plaisir il pouvait prendre à répandre ce genre de nouvelles, dit My Lady Charlotina. Elles pourraient alarmer certaines cultures, n'est-ce pas ? Pensez, par exemple, à ces créatures timides auxquelles nous avons dû prodiguer nos soins de temps en temps pendant leur séjour chez nous. Nombre d'entre elles sont tellement effrayées à la vue de gens qui ne leur ressemblent pas qu'elles s'enfuient vers leurs propres planètes dès qu'elles le peuvent. Sauf, bien sûr, si nous les choisissons pour l'une de nos ménageries. Je soupçonne Mongrove d'avoir eu des mobiles un peu différents. Je parierais qu'il en avait assez de son rôle sinistre, mais qu'il était trop orgueilleux pour en changer.

— Remarque intuitive, sirène sextupède, dit Jherek. Et probablement exacte. » Il sourit, évoquant avec affection la façon dont il s'y était pris pour jouer un tour au géant à l'époque où Mrs Amelia Underwood appartenait à sa ménagerie. Puis il fronça les sourcils. « Ah ! c'était le bon temps.

— Notre petite sortie ne vous plaît pas, Jherek ? demanda My Lady Charlotina, inquiète.

— Je ne vois pas un seul endroit dans le vaste monde où je préférerais être », répondit-il avec tact, en s'arrachant un sourire convaincant.

Seule l'Orchidée de Fer ne fut pas entièrement soulagée d'entendre ces paroles. Elle lui dit avec douceur :

« Je suis encline à regretter tant l'apparition de Yusharip en provenance de l'espace que celle de votre Mrs Underwood en provenance du temps. Peut-être est-ce un effet de mon imagination, mais il me semble en ce moment qu'ils ont introduit dans notre société une certaine saveur qui n'est pas tout à fait à mon goût. Vous avez été autrefois notre joie à tous, Jherek, à cause de l'enthousiasme dont vous étiez porteur...

— Je vous assure, ô la plus attentive des mères, que mon enthousiasme brûle toujours en moi. C'est seulement que je n'ai pas de but à lui donner pour l'instant. » Il lui tapota la main. « Je vous promets d'être plus amusant dès que mon inspiration me sera revenue. »

Soulagée, elle s'étendit dans la neige et s'écria presque aussitôt :

« Oh ! regardez ! C'est le duc de Queens ! »

On ne pouvait manquer de reconnaître le véhicule aéroporté qui survolait gauchement les pics dans leur direction : c'était un authentique ornithoptère affectant la forme d'une grosse poule qui allait cahotant et caquetant dans les cieux, tantôt si bas qu'elle effleurait périlleusement le sol, tantôt si haut qu'elle en était presque invisible. Ses larges ailes brassaient puissamment les airs, sa tête mécanique se tournait de çà de là avec des regards affolés comme si elle était en proie à une horrible confusion. Le bec, qui s'ouvrait et se refermait rapidement, émettait un étrange bruit mécanique. Et l'on apercevait là, à la limite de la visibilité, la tête du duc, ornée d'un grand chapeau à larges bords piqué de plumes, sa main qui agitait un long épieu d'argent, son manteau écarlate qui tourbillonnait autour de lui. Il les vit et, au jugé, orienta sa poule dans leur direction, les approchant de si près qu'ils se jetèrent dans la neige pour éviter d'être renversés. L'ornithoptère s'éleva en spirales, redescendit, toujours en spirales, atterrit enfin à quelques mètres d'eux et les rejoignit cahin-caha.

La barbe du duc était toute hérissée par l'excitation.

« C'est une partie de chasse, mes amis. Certains de mes rabatteurs ne sont pas très loin. Il faut vous joindre à moi !

— Une partie de chasse, mon cher duc... mais de chasse à quoi ? s'enquit l'évêque Castle, en arrangeant son chapeau sur sa tête.

— Un autre extra-terrestre de la même race que Yusharip — signalé dans ces parages — astronef et tout. Nous avons trouvé le vaisseau, mais l'être s'est terré quelque part. Nous le dénicherons vite. Forcément. Où est votre véhicule ? Ah... c'est celui de Jherek. Il fera l'affaire. Venez donc ! La piste est chaude ! »

Ils s'interrogèrent du regard, en riant.

« Irons-nous ? dit My Lady Charlotina.

— Ce sera très amusant, répondit l'Orchidée de Fer. N'est-ce pas, Jherek ?

— Oh ! oui. » Jherek se rua vers son landau, les trois autres sur ses talons. « Montrez-nous la voie, ô le plus chevaleresque des chasseurs. Dans les airs ! Dans les airs ! »

Le duc de Queens fit résonner son épieu d'argent sur le plumage métallique de sa poule. Celle-ci gloussa, caqueta, et ses ailes se remirent en mouvement.

« Ha ! ha ! Quelle équipée ! »

La poule s'éleva de quelques centimètres et retomba, après un faux départ. Des tourbillons de neige l'entouraient et, dans ce blizzard, on distinguait la voix exaspérée du duc mêlée aux caquètements presque gênés de l'ornithoptère qui s'efforçait de soulever sa masse vers le ciel. Le landau de Jherek décrivait déjà des cercles dans les airs alors que le duc n'avait pas encore réussi à décoller.

« Il a toujours regretté de m'avoir laissé prendre Yusharip, dit My Lady Charlotina. À l'époque, l'extra-terrestre ne paraissait pas devoir apporter grand-chose à une ménagerie. On peut comprendre qu'il est heureux d'en avoir découvert un autre. J'espère qu'il réussira. Nous devons faire de notre mieux pour l'aider, tous tant que nous sommes. Nous devons prendre la chasse au sérieux.

— Sans aucun doute ! » fit Jherek.

Il accueillait avec encore plus de plaisir que les autres ce divertissement.

« Je me demande si celui-ci apporte d'aussi assommantes nouvelles », dit l'Orchidée de Fer.

Elle seule ne semblait pas aussi amusée par leur escapade qu'elle aurait pu l'être.

5

En chasse

Derrière un alignement de basses collines vertes, s'éleva le gémissement d'une harpe de chasse.

La poule du duc était en tête et au-dessus d'eux, mais ils entendirent sa voix frêle crier :

« Vers l'ouest ! Vers l'ouest ! »

Ils le virent agiter son épieu dans cette direction, le virent faire des efforts désespérés pour y pointer la tête de son oiseau, qui avait pris une inclinaison prononcée ; au point que le duc avait beaucoup de mal à rester sur son siège.

Sur un mot de Jherek, le landau fit un bond en avant, ce qui arracha un sifflement de joie à l'évêque Castle, qui s'accrocha à son chapeau. Les dames s'amusaient aussi à l'extrême ; elles se penchaient tant qu'elles pouvaient par-dessus bord, au risque de tomber, dans leur quête de l'extra-terrestre fugitif.

« Attention mes amis ! cria l'évêque Castle dans le hurlement du vent. N'oubliez pas que ces extra-terrestres peuvent quelquefois être dangereux. Ils ont toutes sortes *d'armes*, vous savez ! » Il leva une main prudente. « Vous raterez le plus drôle, si vous vous faites tuer ou mutiler, car nous n'aurons pas le temps de vous ressusciter avant la fin de la chasse.

— Nous ferons attention, Monseigneur... oh ! nous ferons attention ! »

My Lady Charlotina, saisie de fou rire, faillit en lâcher la rampe du landau.

« Et puis, Jherek a un fusil pour nous protéger, n'est-ce pas, produit de mon désir ? dit l'Orchidée de Fer en montrant du doigt un objet assez gros posé sur le sol. Nous en jouions il y a un jour ou deux.

— Un fusil-trompeur n'est pas exactement une arme, dit l'évêque Castle en le ramassant et en fermant un œil pour inspecter de l'autre le large canon en forme de cloche. Tout ce qu'il peut produire, ce sont des illusions.

— Mais elles sont très *réelles*. »

L'évêque s'était pris d'intérêt pour cette antiquité.

« L'un des échantillons les plus anciens que j'aie jamais vus. Regardez, il possède même sa propre source d'énergie indépendante, là, sur le côté. »

Les autres, qui n'éprouvaient aucun enthousiasme pour le violon d'Ingres de l'évêque, firent semblant de ne pas l'avoir entendu.

Une lamentation leur parvint, lointaine et monocorde.

« Loin d'ici ! criait le duc. Loin d'ici !

— Qu'est-ce qu'il peut bien vouloir dire ? s'exclama Lady Charlotina, étonnée. Vous le savez, Jherek ?

— Qu'une trop grande distance nous sépare, je suppose, suggéra Jherek. Je suis resté volontairement en arrière, pour lui laisser le plaisir d'apercevoir le premier le fugitif. Après tout, c'est lui qui a eu l'idée de cette partie.

— Et elle est très réussie », fit My Lady Charlotina.

Ils franchirent les collines, se rapprochant ainsi du duc de Queens.

« Son ornithoptère a l'air au bout du rouleau, pour ainsi dire, remarqua l'évêque Castle. Si nous lui proposions de le prendre avec nous ?

— Je ne crois pas qu'il apprécierait, dit Jherek. Il faut attendre qu'il s'écrase au sol. »

Ils survolaient un paysage que Jherek ne se rappelait pas avoir jamais vu. Il semblait comestible et, par conséquent, devait être l'œuvre de Po Cœur d'Argonaute. Des villages entiers, de style gentraxien, se nichaient au milieu de bosquets flageolants d'arbres dorés.

« Mmm..., fit l'Orchidée de Fer en claquant des lèvres. Je recommence à avoir faim. Est-ce que nous ne pourrions pas goûter ?...

— Pas le temps, dit Jherek. Je crois avoir réentendu la harpe. »

Le ciel s'obscurcit tout à coup et ils filèrent pendant un moment dans la nuit complète. Ils percevaient en contrebas le vacarme d'une mer sauvage.

« La tour de Werther ne doit pas être loin », dit My Lady Charlotina en réarrangeant l'un de ses multiples seins, qui s'était détaché.

Et, en effet, lorsque le ciel s'éclaircit, révélant une masse bouillonnante de nuages noirs, ils virent le monument de quinze cents mètres élevé par Werther à son moi mélancolique.

« Voici, dit My Lady Charlotina en désignant la base de la tour, les rochers où nous avons trouvé son corps fracassé. C'est Lord Jagged qui l'a ressuscité. Il a fallu un temps fou pour ramasser tous les morceaux. »

Jherek pensa à Sweet Orb Mace. Si elle était vraiment tombée du haut du précipice, ils ne devraient pas attendre trop longtemps pour la remettre en état.

Le soleil brillait de nouveau ; les dunes étaient vertes.

« Voici le *Tokio 1901* du comte de Carbolique s'écria l'Orchidée de Fer. Quelles magnifiques couleurs !

— Ce sont des reproductions des coquillages d'origine », murmura savamment l'évêque Castle.

Le landau, qui suivait docilement le duc de Queens, vira brusquement et plongea vers le sol.

« Il s'est écrasé ! cria l'évêque Castle. Là-bas, près de cette forêt.

— Il s'est fait mal ? demanda l'Orchidée de Fer qui était de l'autre côté du véhicule.

— Non. Je le vois bouger. Il n'a pas l'air de très bonne humeur. Il est en train de taper sur l'ornithoptère.

— Le pauvre. »

Le choc du landau qui se posait brusquement à terre arracha un sursaut à My Lady Charlotina

Jherek descendit et s'approcha du duc de Queens. Il avait le chapeau de travers et une guêtre déchirée, mais il était redevenu lui-même à tous autres égards. Il jeta son épieu, repoussa son chapeau sur sa nuque, posa ses deux mains sur ses hanches et sourit à Jherek.

« Alors, c'était une bonne partie de chasse, hein ?

— Très stimulante. Votre ornithoptère est hors d'usage ?

— Complètement. »

Le duc de Queens mettait son point d'honneur à ne s'embarquer, en règle générale, que sur d'authentiques reproductions d'anciennes machines. On le lui avait souvent déconseillé, mais il restait sur ses positions... et sur ses contusions.

« Pouvons-nous vous reconduire à votre château ? demanda My Lady Charlotina.

— Je n'abandonne pas. Je poursuivrai la chasse à pied. Il est sûrement quelque part dans ces bois. » Le duc inclina la tête en direction de la forêt d'ormes, de cèdres et d'acajous. « Mes rabatteurs le pousseront de notre côté, si nous avons de la chance. Vous m'accompagnez ? »

Jherek haussa les épaules.

« Volontiers. »

Ils se dirigèrent tous vers le bois et ils avaient déjà parcouru une bonne distance lorsque l'évêque Castle leva le fusil-trompeur, qu'il tenait encore à la main.

« Désolé. J'ai gardé votre objet d'art. Je le rapporte là-bas, Jherek ?

— Non. Il peut nous servir à prendre l'extra-terrestre au piège si nous le voyons.

— Bonne idée », approuva le duc de Queens.

Le bois était silencieux, hormis le bruissement léger des feuilles et le bruit étouffé de leurs pas sur la mousse d'un vert brillant. Les arbres avaient une odeur douce et entêtante.

« Oh ! c'est *fantastique*, n'est-ce pas ? chuchota My Lady Charlotina, le souffle coupé par le ravissement. Un vrai bois magique à l'ancienne mode. Je me demande qui l'a fait. »

Jherek remarqua que la qualité de la lumière avait subtilement changé, évoquant une fin d'après-midi en été ; par ailleurs, le bois lui sembla s'étendre beaucoup plus loin qu'il ne l'aurait cru au premier abord.

« Ce doit être Lord Jagged. » L'évêque Castle ôta son chapeau et s'appuya dessus pendant un moment. « Il est le seul à pouvoir saisir cette qualité particulière.

— On reconnaît en effet la main de Jagged, dit l'Orchidée de Fer et elle passa son bras sous celui de son fils.

— Alors prenons garde aux animaux mythiques, dit le duc de Queens. Kangourous et autres, si je connais bien mon Jagged. »

L'Orchidée de Fer serra le bras de Jherek.

« Je crois qu'il fait de plus en plus noir », murmura-t-elle.

6

Les brigands-musiciens

Le feuillage au-dessus de leur tête était si épais, à présent, que la lumière le transperçait à peine. Le silence s'était appesanti et, presque sans s'en apercevoir, ils faisaient le moins de bruit possible sur la mousse et écartaient avec douceur les branches basses qui leur barraient de plus en plus fréquemment la route.

My Lady Charlotina prit l'autre bras de Jherek, en murmurant avec animation :

« Nous sommes comme Hansel et Gretel. Croyez-vous que nous soyons *perdus*, Jherek ?

— Ce serait merveilleux si nous l'étions », dit l'Orchidée de Fer, mais Jherek ne répondit pas. Pour une raison quelconque, ce bois mystérieux avait un effet thérapeutique sur ses émotions. Il se sentait beaucoup plus calme ; mieux dans sa peau qu'il ne l'avait été depuis longtemps. Il se demanda si l'idée ne lui était pas venue que, dans ces bois, il ne savait trop pourquoi, il était beaucoup plus proche de Mrs Underwood. Il fouilla l'obscurité du regard, s'attendant presque à la voir, en robe grise et chapeau de paille, adossée au tronc d'un cèdre ou d'un pin, le sourire aux lèvres, prête à reprendre où elle l'avait laissé ce qu'elle appelait son « éducation morale ».

Seul le duc de Queens restait imperméable à l'atmosphère. Il s'arrêta, tira sur sa barbe noire, et fronça les sourcils.

« Les rabatteurs doivent avoir détecté quelque chose, gémit-il. Pourquoi ne les avons-nous pas entendus ?

— La forêt a l'air plus vaste que nous le pensions au début, c'est un fait. » L'évêque Castle tapota des doigts le canon du fusil-trompeur. « Se pourrait-il que nous nous soyons trompés de direction, je me le demande ? »

Jherek et les deux femmes s'étaient immobilisés eux aussi. Jherek, quant à lui, était plongé dans une espèce de transe. Dans un bois assez semblable à celui-ci, Mrs Amelia Underwood l'avait embrassé, lui avouant enfin son amour pour lui... et dans un bois assez semblable à celui-ci, elle s'était volatilisée, pour retourner à sa propre époque. Il caressa un instant l'idée que Lord Jagged et My Lady Charlotina avaient pu lui préparer une surprise, mais il était évident, d'après le comportement de My Lady Charlotina, qu'elle ignorait tout de ce bois jusqu'au moment où ils l'avaient découvert ensemble. Jherek aspira une grande goulée d'air. L'odeur prédominante était, supposait-il, celle de la terre.

« Qu'est-ce que c'était que ça ? » Le duc de Queens mit une main en coupe autour de son oreille. « Une harpe, non ? »

L'évêque Castle avait, cette fois, complètement abandonné son chapeau. Il gratta ses mèches rousses en pivotant sur lui-même.

« Je crois que vous avez raison, mon cher duc. C'est de la musique, assurément. Mais ce pourrait être les oiseaux.

— Le chant du lapin, souffla My Lady Charlotina, en plaquant d'un geste romantique ses nombreuses mains sur ses seins multiples. L'entendre dans ces bois, c'est devenir l'Homme Primordial, vivre exactement les émotions qu'il a connues, il y a tant de millions d'années.

— Vous êtes vraiment d'humeur lyrique, gente dame, observa paresseusement l'évêque Castle, mais l'on voyait bien que lui aussi était contaminé par l'atmosphère. Il leva la main dans laquelle il tenait le lourd fusil-trompeur.

— Il faut avancer tout doucement, dit l'Orchidée de Fer, pour être sûrs de n'effrayer ni l'extraterrestre ni les animaux sauvages qui peuvent se trouver dans ces bois. »

Jherek se doutait qu'elle ne se préoccupait guère d'effrayer ou non les animaux... mais qu'elle souhaitait seulement continuer à connaître cette sérénité dont lui-même jouissait. Il confirma ses mots par un grave hochement de tête.

Un peu plus tard, ils discernèrent à quelque distance le halo dansant d'une lumière-écarlate et avancèrent avec plus de précautions encore.

Et puis la musique commença.

C'était, se dit Jherek au bout de quelques instants, la musique la plus belle qu'il ait jamais entendue. Elle était profonde, solennelle et très émouvante ; elle laissait deviner des harmonies plus lointaines que celles de l'univers physique, elle esquissait des idéaux et des émotions magnifiques dans leur équilibre, leur intensité et leur humanité ; elle lui fit connaître le désespoir, et il ne désespéra plus, la douleur, et il ne souffrit plus, le cynisme, et il se sentit soulevé sur les ailes de l'espérance ; elle lui montra qu'il était laid et il ne fut plus laid ; elle l'entraîna dans les abîmes les plus profonds du malheur pour l'élever ensuite de plus en plus haut jusqu'à ce qu'enfin son corps, son esprit et ses sentiments se trouvent dans un équilibre parfait et il connut alors une extase incommensurable.

Tout en écoutant, Jherek et les autres s'avancèrent dans le halo de lumière rougeoyante ; leur visage en était baigné, leurs vêtements aussi, et ils virent qu'elle émanait, comme la musique, d'une clairière. Cette clairière était occupée par une grande machine — source de la lueur écarlate — installée de guingois sur quatre ou cinq pieds fragiles dont l'un au moins était visiblement cassé. La machine était asymétrique mais, en gros, piriforme et parsemée çà et là de petites protubérances vitreuses assez semblables aux défauts d'un vase en céramique ; un objet octogonal situé à l'avant diffusait le flux écarlate. Près de la machine évidemment hors d'usage, se tenaient assis ou debout sept êtres humanoïdes qui ne pouvaient être que des voyageurs de l'espace : petits — ils arrivaient à peine à la taille de Jherek —, trapus, ils avaient la tête de même forme que celle de leur navire, un œil unique, très long, contenant trois pupilles qui bougeaient sans cesse, tantôt convergentes, tantôt équidistantes, de grandes oreilles éléphantesques et le nez bulbeux. Ils étaient moustachus, malpropres et vêtus de bric et de broc. Mais c'était bien de ces petits hommes que venait la musique, car ils tenaient à la main des instruments de formes peu vraisemblables dont ils pinçaient les cordes de leurs doigts courtauds ou dans lesquels ils soufflaient. Ils avaient des couteaux et des épées à la ceinture, de lourdes bottes chaussaient leurs larges pieds palmés ; les casquettes, foulards ou casques de métal qui décoraient leur tête contribuaient encore à leur donner l'apparence de pirates. Jherek avait du mal à faire le lien entre l'exquise beauté de la musique et les brigands qui la produisaient.

Le groupe, complètement soumis au charme de la musique, écouta avec une admiration respectueuse, à l'insu de l'orchestre, la symphonie progresser lentement vers la fusion de thèmes apparemment discordants pour atteindre une conclusion qui était à la fois d'une complexité inimaginable et d'une simplicité absolue. Un instant, le silence régna. Jherek se rendit compte qu'il avait les yeux pleins de larmes et, regardant les autres, les vit tous aussi émus que lui-même. Il aspira profondément, à plusieurs reprises, comme un homme qui a failli se noyer et émerge enfin à la surface de l'eau, mais ne put prononcer un mot.

Les musiciens, quant à eux, jetèrent leurs instruments et se roulèrent par terre en hurlant de rire.

Ils pouffaient, s'esclaffaient, se tenaient les côtes, n'en pouvaient plus... et leur rire était gras, vulgaire même, comme s'ils venaient de jouer quelque ritournelle obscène et non la musique la plus belle de l'univers. Ils jacassaient dans une langue rocailleuse qui écorchait les oreilles, sifflotaient des fragments de la mélodie, se poussaient du coude, clignaient de l'œil, et le fou rire les reprenait de plus belle au point qu'ils en pleuraient et qu'ils avaient l'air sur le point d'éclater.

Un peu déconcerté par cette conclusion inattendue, le duc de Queens conduisit son groupe dans la clairière. Comme il y faisait son entrée, l'extra-terrestre le plus proche leva la tête, le montra du doigt, eut un hoquet et repartit dans de nouvelles convulsions.

Le duc, qui mettait toujours sa fierté à choisir les objets les moins commodes, brancha son traducteur de poignet (qu'il avait apporté à l'origine pour communiquer avec le collègue de Yusharip), matériel compliqué, démodé, plutôt lourd, qu'il préférait à tous les instruments plus simples. Lorsque les extra-terrestres eurent vaincu leur fou rire et repris leur sang-froid, hormis quelques gloussements épars, le duc s'inclina pour se présenter, lui et ses compagnons.

« Bienvenue sur notre planète, messieurs. Pouvons-nous vous féliciter d'une performance qui allait bien au-delà du plaisir ? »

Jherek, en s'approchant, détecta une odeur que son séjour au 19e siècle lui permit de reconnaître : c'était celle de la sueur rance. Comme l'un des extra-terrestres se levait enfin et s'avançait cahin-caha, l'odeur se fit nettement plus forte.

En souriant, le bandit se gratta et leur fit un salut qui parodiait celui du duc, ce qui déclencha chez ses compagnons une douloureuse crise de gémissements et grognements étouffés.

« On était seulement en train de s'amuser un peu entre nous, dit l'extra-terrestre, pour passer le temps. Après tout, il n'y a pas grand-chose d'autre à faire, apparemment, sur votre vieux globe fatigué.

— Oh ! je suis sûre que nous pourrons trouver de quoi vous amuser », dit My Lady Charlotina. Elle se lécha les lèvres. « Vous êtes là depuis combien de temps ? »

L'extra-terrestre se dressa sur une jambe torse et se gratta le mollet.

« Pas longtemps. Un de ces quatre, il va falloir qu'on essaye de réparer le vaisseau, je suppose. »

Il lui adressa quelque chose qui ressemblait à une œillade. My Lady Charlotina suça sa lèvre inférieure et poussa un soupir, tandis que l'Orchidée de Fer chuchotait à Jherek :

« Quels merveilleux ornements ils feraient pour une ménagerie. Je crois que le duc s'en rend compte lui aussi. Il a la première option, évidemment. Quel dommage.

— Et de quelles régions du cosmos êtes-vous originaire ? s'enquit poliment l'évêque Castle.

— Oh ! je ne crois pas que vous reconnaîtriez le nom. Je ne suis même pas sûr que notre planète existe encore. Mon équipage et moi, nous sommes les derniers survivants de notre espèce. On nous appelle les Lat. Je suis le capitaine Mubbers.

— Et pourquoi courez-vous les espaces interstellaires ? »

L'Orchidée de Fer et My Lady Charlotina échangèrent un regard entendu. Leurs yeux étincelèrent.

« Eh bien, vous savez probablement que cet univers-ci est à peu près foutu. Alors on se balade au hasard, en fait, en espérant trouver le secret de l'immortalité et rigoler un peu en chemin. Quand on aura réussi à mettre le doigt dessus — si on y arrive — on essaiera de fuir dans un autre univers qui ne soit pas soumis aux mêmes conditions.

— Un second univers ? fit Jherek. C'est contradictoire, non ?

— Si vous voulez. »

Le capitaine Mubbers haussa les épaules et bâilla.

« Le secret de l'immortalité et de quoi rigoler un peu ! s'écria le duc de Queens. Nous possédons les deux ! Il faut que vous soyez nos hôtes ! »

Il était maintenant tout à fait évident aux yeux de Jherek que le rusé duc de Queens avait l'intention d'ajouter l'orchestre tout entier à sa collection. Posséder de si admirables musiciens serait pour lui un véritable triomphe et ferait plus que compenser sa gaffe concernant Yusharip. Toutefois, la réaction du capitaine Mubbers ne fut pas exactement celle que le duc semblait espérer. Une expression retorse se peignit sur ses traits et il se tourna vers son équipage.

« Qu'est-ce que vous en pensez, les gars ? Ce monsieur dit qu'on peut s'installer chez lui.

— Eh bien, fit l'un d'eux, s'il possède *vraiment* le secret de l'immortalité...

— Il ne va certainement pas nous en faire cadeau gratis, hein ? dit un autre. Qu'est-ce qu'il compte en retirer ?

— Nos mobiles sont entièrement altruistes, je vous assure, insista l'évêque Castle. Nous serions enchantés de vous avoir pour hôtes. Disons que nous apprécions votre musique. Si vous voulez bien recommencer à jouer pour nous, nous vous témoignerons notre gratitude en vous rendant immortels. Nous sommes tous immortels, nous, n'est-ce pas ? »

Il chercha confirmation auprès de ses compagnons qui opinèrent en chœur.

« Sans blague ? » fit le capitaine Mubbers d'un air songeur.

Il se tripota la mâchoire.

« Mais oui, dit l'Orchidée de Fer. J'ai moi-même... » Elle se gratta la gorge, ayant remarqué que My Lady Charlotina feignait un manque d'intérêt total pour ce qu'elle était en train de raconter. « Heu, plusieurs centaines d'années, acheva-t-elle de façon assez décevante.

— Moi, je vis depuis au moins deux ou trois mille ans, dit le duc de Queens.

— Vous ne vous ennuyez jamais ? s'enquit l'un des extra-terrestres qui était resté assis. C'est ce qu'on se demandait.

— Oh ! non. Non, non, non ! Nous avons nos passe-temps. Nous créons des choses. Nous discutons. Nous faisons l'amour, inventons des jeux. Parfois nous nous endormons pour quelques années, quelquefois davantage si nous sommes vraiment las de ce que nous étions en train de faire, mais vous seriez étonnés d'apprendre combien le temps passe vite quand on est immortel.

— Je n'y avais même jamais pensé, dit l'évêque Castle. Je suppose que c'est parce que les gens sont immortels sur cette planète depuis des millénaires. On finit par s'y habituer.

— J'ai une meilleure idée, dit le capitaine Mubbers avec un sourire. C'est vous qui serez nos hôtes. Vous allez nous accompagner dans notre promenade au milieu de l'univers. En chemin vous pourrez nous révéler le secret de l'immortalité. »

Sidéré, le duc frissonna.

« Dans l'espace ! Nos nerfs ne le supporteraient pas, je suis désolé ! » Il se tourna avec un pâle sourire vers Jherek, sans cesser de s'adresser à l'extra-terrestre. « Je vous remercie de votre invitation, capitaine Mubbers, mais nous sommes dans l'obligation de refuser. Seul Mongrove, qui recherche l'inconfort sous toutes ses formes, peut avoir eu l'idée de s'aventurer dans *l'espace*.

— Non, dit My Lady Charlotina avec douceur. Il est de notre devoir à nous de vous divertir. Nous allons nous rendre En-dessous-du-lac et organiser, oh ! une surprise-party !

— C'est ce que nous faisions quand vous avez débarqué, fit remarquer le capitaine Mubbers. Il renifla et frotta son nez bulbeux. Remarquez, j'ai l'impression que je sais à quoi vous faites allusion.

Eh ? » Il se colla contre elle et lui pinça la cuisse. « Ça fait longtemps qu'on se promène dans l'espace, ma bonne dame.

— Oh, mes pauvres chéris ! dit My Lady Charlotina en lui prenant le visage dans les mains et en lui tortillant la moustache. Il ne reste donc plus aucune femelle de votre race ?

— Pas même la moindre vieillarde. » Il leva mélancoliquement les yeux en direction des arbres. « Ça a été très dur comme voyage, vous savez. Il y a bien quatre ou cinq ans que je n'ai pas chatouillé un coude. » Il réprimanda du regard ses compagnons qui jetaient avec ensemble des coups d'œil égrillards dans sa direction. Puis, avec un sourire obscène, il leva la main et la lui plaqua sur les fesses. « Pourquoi on monterait pas dans le vaisseau en discuter un peu, vous et moi ?

— Ce serait plus agréable pour vous de nous accompagner, insista le duc de Queens. Nous vous offririons de quoi manger, du repos, un bain...

— Un bain ? » Le capitaine Mubbers sursauta, affolé. « Allons, duc. Nous avons encore un long chemin à parcourir. Qu'est-ce que vous essayez de nous faire croire ?

— Je veux dire que nous pourrons vous fournir tout ce que vous désirerez. Et même créer pour vous des femelles de votre propre espèce, reproduire dans tous ses détails votre environnement d'origine. Nous en sommes parfaitement capables.

— Tu parles ! dit le capitaine Mubbers d'un air soupçonneux.

— Je voudrais bien savoir à quoi ils jouent. » Un membre de l'équipage se leva en se curant les dents (qu'il avait pointues et jaunes). Ses trois pupilles s'agitèrent, pour examiner les cinq Terriens. « Votre envie de nous faire plaisir est bougrement suspecte, si vous voulez mon avis. »

Le duc eut un geste vague de la main.

« Vous ne pouvez certainement pas mettre nos mobiles en doute ? En tant qu'hôtes sur cette planète, il est de votre droit d'être bien accueillis par nous.

— Eh bien, de tous ceux que nous avons rencontrés, vous êtes les premiers à avoir cette idée-là, dit l'extra-terrestre, en se passant la main sous la chemise pour se gratter la poitrine. Non, je suis d'accord avec le skipper. C'est vous qui nous accompagnez. »

Les autres manifestèrent leur accord en hochant la tête.

« Mais, dit l'Orchidée de Fer d'un ton raisonnable, mes vilains petits navigateurs de l'espace, vous n'avez pas l'air de comprendre à quel point nous *haïssons* ces étendues désertiques. Enfin, pratiquement personne ne va plus se promener sur les planètes les plus proches de notre système, à plus forte raison plonger bon gré mal gré dans le vide glacé qui s'étend *entre* les étoiles ! » Son expression s'adoucit, elle ôta la casquette de celui qui venait de s'approcher. Elle caressa son front chauve. « Il n'est plus dans notre nature de quitter la planète. Nous nous sommes ancrés dans nos habitudes. Nous sommes une vieille, vieille race, voyez-vous.

L'espace nous ennuie. Les autres planètes nous irritent et nous donnent un sentiment de frustration parce que le code des bonnes manières nous interdit de les remodeler selon notre propre goût. Que peuvent nous apporter vos espaces infinis ? Somme toute, hormis quelques différences mineures, une étoile ressemble beaucoup à une autre. »

Le Lat lui arracha son chapeau des mains et se le plaqua sur la tête.

« Le grand frisson, dit-il. Les aventures. Le danger. Les sensations nouvelles.

— Mais il n'y a pas de sensations nouvelles, n'est-ce pas ? dit l'évêque Castle, tout disposé à s'en entendre décrire s'il en existait. Il n'y a que des modifications des sensations anciennes, ou du moins c'est ce que j'aurais cru.

— Enfin, dit le capitaine Mubbers d'un ton décidé, en se penchant pour ramasser son instrument, vous nous accompagnez et voilà tout. Je sais reconnaître un piège quand j'en flaire un. »

Le duc de Queens se pinça les lèvres.

« Je crois qu'il est temps de partir. Nous sommes visiblement devant une impasse...

— Plutôt devant un fait accompli, camarade, dit le belliqueux extra-terrestre en pointant son instrument dans la direction générale du duc. En bas et en l'air ! »

Entre-temps l'autre Lat avait ramassé par terre leurs instruments à vent et à cordes.

« Je ne vous suis pas ? dit le duc au capitaine Mubbers. Mettre quoi en bas ? Et quoi en l'air ?

— Le pantalon et les mains, dans cet ordre-là », dit le capitaine Mubbers.

Et il fit un signe avec son instrument.

L'évêque Castle pouffa de rire.

« Je crois bien qu'ils nous *menacent*, vous savez ! »

My Lady Charlotina poussa un cri de joie. L'Orchidée de Fer posa un doigt sur ses lèvres, en écarquillant les yeux.

« Ce sont des armes en même temps que des instruments de musique ? demanda Jherek avec intérêt.

— Tout juste, fit le capitaine Mubbers. Regardez-moi ça. » Il se détourna, pointant sur les arbres voisins son instrument de forme bizarre. « Feu », dit-il.

Une tornade embrasée jaillit de l'objet qu'il tenait à la main. Elle enflamma les arbres et les changea en cendre fumante. Elle ouvrit un tunnel de clarté dans les ténèbres de la forêt ; elle révéla au-delà une plaine, et plus loin encore une montagne. Elle ne mourut qu'après avoir atteint la cime la plus lointaine. La montagne explosa. Ils entendirent un boum étouffé.

« Compris ? » fit le capitaine Mubbers en se tournant vers eux d'un air inquisiteur.

Ses compagnons eurent un sourire satisfait. L'un d'eux, qui portait un casque de métal, dit :

« Vous n'iriez pas loin, pas vrai, si vous essayiez de nous fausser compagnie ?

— Est-ce que vous nous ressusciteriez ? demanda l'évêque Castle. Comme c'est étrange !

C'est la première fois de ma vie que je vois une vraie arme.

— Vous avez donc l'intention de nous enlever ! dit My Lady Charlotina.

— *Mibix unview per ?* fit le capitaine Mubbers. *Kroofrudi ! Dyew oh tyae, hiu hawiquards !* »

En désespoir de cause, le duc de Queens avait débranché le traducteur.

7
Un conflit d'illusions

« Ce n'est certainement pas un énorme avantage », dit le duc de Queens d'un ton chagrin.

Assis côte à côte près de l'astronef, ils regardaient les Lat qui, à genoux non loin de là, jouaient à un quelconque jeu de hasard. L'Orchidée de Fer et My Lady Charlotina semblaient en être les enjeux. Seule My Lady Charlotina commençait à s'impatienter. Elle soupira.

« Je voudrais bien qu'ils se dépêchent un peu. Ils sont adorables, mais ils n'ont pas un très grand esprit de décision.

— Vous trouvez ? fit l'évêque Castle en arrachant quelques brins de mousse. La décision de nous enlever, j'ai l'impression qu'ils l'ont prise très vite. »

Jherek était malheureux.

« S'ils nous emmènent dans l'espace, je ne reverrai *jamais* Mrs Amelia Underwood.

— Essayez de nouveau un anneau désintégrateur sur leurs armes, suggéra l'Orchidée de Fer. Le mien ne marche pas, Éminence, mais avec le vôtre ça ira peut-être. »

L'évêque se concentra, tortilla son anneau, mais rien ne se passa.

« Ils ne sont efficaces que sur les objets créés par nous-mêmes. Je suppose que nous pourrions nous débarrasser du reste des arbres...

— Ça ne servirait pas à grand-chose, il me semble, dit Jherek avec un soupir.

— Enfin, observa le duc de Queens qui s'obstinait toujours à voir le bon côté des choses, nous verrons peut-être quelque chose d'intéressant dans l'espace.

— Nos ancêtres n'y ont jamais rien trouvé de passionnant, lui rappela l'Orchidée de Fer. D'ailleurs, comment ferions-nous pour revenir ?

— Il suffirait de construire un astronef. » Le duc de Queens s'étonnait de la voir si obtuse. « Avec un anneau énergétique.

— À supposer qu'ils fonctionnent dans les profondeurs du vide cosmique. Avez-vous jamais entendu dire que des anneaux aient été utilisés loin de la Terre ? »

L'évêque Castle haussa les épaules : il n'attendait pas de réponse à ses questions.

« Est-ce que les anneaux énergétiques existaient déjà il y a tant de milliers d'années ? Ô mon dieu, j'ai terriblement sommeil. » Contrairement à son habitude, My Lady Charlotina s'ennuyait fort. Elle avait complètement renoncé à l'idée de faire l'amour avec les Lat, aussi bien en les prenant un à un que tous ensemble. « Si on créait une voiture aérienne et si on s'en allait ? »

L'évêque Castle souriait.

« J'ai une idée plus amusante. » Il agita le fusil-trompeur. « Ça devrait nous ragaillardir et offrir une conclusion excitante à notre aventure. Je suppose que ce fusil est chargé de munitions conventionnelles, Jherek ?

— Oh ! oui. »

Jherek hocha distraitement la tête.

« Donc il en sortira au hasard des illusions. Je me rappelle l'époque où tout le monde se passionnait pour ces jouets. Les deux joueurs en ont un : ils ne savent pas quelles illusions en sortiront, mais ils espèrent qu'elles s'opposeront l'une à l'autre.

— C'est ça, fit Jherek. Mais moi, je n'ai jamais pu trouver quelqu'un qui s'y intéresse assez pour jouer avec moi. »

Le capitaine Mubbers avait quitté ses hommes et s'approchait d'eux d'un pas conquérant.

« *Hugo, ri fert glex min glex viel* », aboya-t-il, en braquant sur eux son instrument de musique.

Ils feignirent de ne rien comprendre à ce qu'il disait. (C'était pourtant parfaitement clair : il souhaitait que les dames entrent dans l'astronef.)

« *Kmofrudi !* reprit le capitaine Mubbers. *Glem min glex viel !* »

Une fossette se creusa joliment dans la joue de My Lady Charlotina.

« Mon cher capitaine, nous ne comprenons tout simplement pas un mot de ce que vous dites. Et vous ne nous comprenez pas non plus, n'est-ce pas ?

— *Hrunt.* » Le capitaine Mubbers changea son instrument de main et, avec un sourire salace, posa une main audacieuse sur le coude de My Lady Charlotina. « *Hrunt glex, mibix ?*

— Cochon ! » Elle rougit et papillota des cils dans sa direction. « Nous devrions essayer le fusil, je suppose, à présent, Éminence. »

Il y eut un petit « pop » et tout vira au bleu et blanc. Des oiseaux et des insectes bleus et blancs, délicats et languides, se mirent à voleter au milieu de saules tout aussi délicats — blanc sur bleu ou bleu sur blanc selon la qualité de l'arrière-plan.

Le capitaine Mubbers marqua une légère surprise. Puis il secoua la tête et poussa My Lady Charlotina en direction de l'astronef.

« Nous devrions peut-être lui autoriser un tout petit viol, rien que ça, dit-elle.

— Trop tard », fit l'évêque Castle, et il tira de nouveau. « Qui a chargé ce fusil, Jherek ? Espérons que cette fois ce sera un peu plus discret. »

La seconde illusion vint se surajouter à la première. Le fragile paysage bleu et blanc fut envahi par une monstrueuse bête à dix pattes, reptilienne dans l'ensemble, qui tournait de part et d'autre une tête féroce aux yeux énormes d'où jaillissaient des flammes.

Le capitaine Mubbers poussa un hurlement et visa. Il parvint à détruire une portion appréciable de la forêt au-delà du paysage bleu et blanc et du monstre aux yeux de flamme, mais ceux-là restèrent intacts.

« Je crois qu'il est temps de décamper », fit l'évêque Castle en appuyant encore une fois sur la détente, ce qui eut pour effet d'introduire dans le décor des abstractions aux couleurs éclatantes qui se mirent à zigzaguer dans les airs, jurant abominablement avec le bleu et le blanc et contribuant à irriter encore davantage le monstre reptilien. Les Lat ne cessaient pas de lui tirer dessus et reculaient à mesure que (par pur hasard) il s'approchait d'eux.

« Oh ! fit l'Orchidée de Fer, déçue, tandis que Jherek l'attrapait par le bras et l'entraînait dans la forêt, on ne peut pas regarder ?

— Est-ce que vous vous rappelez où vous avez laissé votre voiture, Jherek ? » Le duc de Queens, très excité, haletait. « On s'amuse bien, non ?

— Je crois que c'était par ici, répondit Jherek. Mais il serait peut-être plus sage de s'arrêter et d'en fabriquer une autre ?

— Croyez-vous que ce serait sport ? demanda l'Orchidée de Fer.

— Sans doute que non.

— Alors venez ! »

Elle s'élança au milieu des arbres et eut tôt fait de disparaître dans l'obscurité. Jherek la suivit, l'évêque Castle sur ses talons.

« Mère, je crois qu'il vaudrait mieux ne pas nous séparer.

— Jherek, ma sève, vous ne savez plus vous amuser ! »

Mais, très vite, il la perdit et s'arrêta, épuisé, près d'un arbre particulièrement vieux et grand. L'évêque Castle, qui était resté à sa hauteur, lui tendit le fusil-trompeur.

« Vous voulez bien tenir ça un moment, Jherek ? C'est lourd. »

Jherek le prit et le fourra dans ses vêtements. Il entendit quelque chose de gros bouger à grand bruit dans la forêt. Des troncs d'arbres tombèrent, des branches craquèrent, des incendies s'allumèrent.

« C'est très réaliste, non ? » L'évêque Castle semblait penser qu'il avait fabriqué lui-même le monstre. Un objet massif le frôla et détruisit toute une rangée d'arbres ; il sursauta. « Je crois que les Lat nous rattrapent. » Il plongea dans les fourrés, laissant Jherek encore indécis sur la direction à prendre.

Et maintenant, parce qu'il risquait d'être tué définitivement, sans avoir pu revoir Mrs Amelia Underwood, il sentit la panique l'envahir. C'était une émotion nouvelle et une partie de son esprit l'examinait avec une curiosité objective. Il se mit à courir. Il ne prêtait aucune attention aux arbres qui lui fouettaient le visage. Il courait, courait dans le noir, loin des bruits et des destructions. Le danger était un mur qui l'entourait ; en fuyant une source de périls, il en rencontrait une autre. À un moment, il heurta quelque chose dans le noir et il était sur le point de parler quand il entendit « *Ferkit !* » Il s'éloigna en faisant le moins de bruit possible et entendit, dans une autre direction, un hurlement qui lui glaça le sang.

Il courut, tomba, rampa, se releva et se remit à courir. La poitrine lui faisait mal et son cerveau ne lui servait à rien. Il avait l'impression de sangloter et il savait qu'à la prochaine chute il ne trouverait pas le courage de se remettre sur ses pieds.

Il trébucha. Il perdit l'équilibre. Il accepta la Mort. Il s'étala de tout son long dans un fossé, au milieu d'un déluge de terre et de cailloux et il commençait à se féliciter d'avoir finalement trouvé une sécurité relative lorsque le sol s'ouvrit sous ses pas et qu'il entama une glissade le long d'une espèce de conduit aux parois lisses, qui avait visiblement été fabriqué dans ce but. Il glissait et glissait sur le toboggan de métal, le cœur soulevé par la rapidité de la descente, ne pouvant ni atteindre ses anneaux d'énergie, ni ralentir sa chute, qui le conduisit bien à plus d'un kilomètre sous terre. Enfin elle s'arrêta et il atterrit, abasourdi, le souffle coupé, sur une pile de couvertures moisies.

La lumière, faible, était d'origine artificielle. Au bout d'un moment, il s'assit, se palpa tendrement le corps à la recherche d'os cassés, mais il n'y avait pas de fracture. Un étrange sentiment de bien-être l'envahit et il s'étendit sur les couvertures en bâillant, avec l'espoir que ses amis avaient réussi à gagner le landau. Il allait se reposer et il réfléchirait ensuite au meilleur moyen de les rejoindre. Son anneau lui creuserait sans difficulté un tunnel vers la surface et il l'emprunterait en utilisant l'antigravité. Il se sentait les paupières très lourdes. Il avait du mal à croire aux événements qui venaient de se dérouler. Il était sur le point de fermer les yeux quand il entendit une petite voix zézayante lui dire :

« Bienvenue, Monsieur, au Pays des Merveilles. »

Il leva la tête. Une fillette se tenait devant lui. Elle avait de grands yeux bleus, des cheveux blonds et bouclés. Son expression était sérieuse.

« Vous êtes très bien fabriquée, dit Jherek avec admiration. Qu'est-ce que vous êtes exactement ? »

Son interlocutrice prit un air dégoûté.

« Je suis une petite fille, bien sûr. Et vous ? »

8
Les enfants de l'abri

Jherek se leva, épousseta sa robe blanche et dit gentiment :

« Il y a des milliers d'années que les petites filles n'existent plus. Vous êtes probablement un robot ou un jouet. Qu'est-ce que vous faites ici ?

— Je joue, répondit le robot ou le jouet avant de faire un pas en avant et de lui lancer un coup de pied dans le tibia. Et je sais très bien ce que je suis. Et je sais très bien ce que vous êtes. Mademoiselle nous a dit de nous méfier des adultes : ils sont dangereux.

— Les petites filles aussi, dit Jherek avec conviction, en se frottant une jambe déjà endolorie. Où est Mademoiselle, mon enfant ? »

Il s'avouait surpris de l'apparence de vie qu'avait cette créature, mais elle ne pouvait pas être un enfant, sinon il en aurait entendu parler. Hormis lui-même et Werther de Goethe, il n'était pas né d'enfant sur la Terre depuis des millénaires. Les gens, on les créait, comme l'avait fait le duc de Queens pour Sweet Orb Mace, ou ils se recréaient eux-mêmes, comme le roi des Échecs, qui était devenu l'évêque Castle. Après tout, créer des enfants, c'était une responsabilité. Les faire naître à l'état d'adultes représentait déjà une difficulté suffisante !

« Venez », dit la créature en le prenant par la main. Elle lui fit longer un tunnel de marbre rose qui, aux yeux de Jherek, n'était pas sans ressembler, par son style et son matériau, aux anciennes cités, bien qu'il eût l'air relativement neuf. Il débouchait dans une vaste pièce remplie de superbes reproductions d'antiquités. Jherek reconnut au passage des automobiles à vapeur miniature, des chevaux à bascule, des perdrix duveteuses, des quasimodos en couleurs et des jeux de construction. « C'est une de nos salles de jeu, lui dit-elle. La salle de classe est là-bas. Mademoiselle ne devrait pas tarder à en sortir. Moi, je fais l'école buissonnière », ajouta-t-elle avec orgueil.

Jherek admirait l'environnement. Quelqu'un s'était donné énormément de mal pour reconstituer une antique nursery. Il se demanda si l'on pouvait l'attribuer, comme le bois qu'il y avait au-dessus, à Lord Jagged. On y reconnaissait, en tout cas, la finesse de son esprit.

Tout à coup une porte s'ouvrit. Une vingtaine d'enfants, tous apparemment du même âge ou à peu près, les garçons en chemise et culotte courte, les filles en robe à volant et tablier, firent irruption dans la pièce. Ils étaient tous en train de rire et de crier, mais ils se turent en voyant Jherek Carnelian. Ils ouvrirent tout grand les yeux et la bouche.

« C'est un adulte, déclara la créature qui se faisait passer pour une fillette. Je l'ai attrapé dans un couloir. Il est tombé à travers le toit.

— Tu crois que c'est un Producteur ? demanda l'un des garçons en faisant un pas dans la direction de Jherek pour l'examiner.

— Ils sont plus gros que ça, dit une autre fille. Mais voilà Mademoiselle. Elle saura. »

Derrière eux, avançait majestueusement un personnage de haute taille au visage sévère, vêtu d'acier gris, humanoïde et austère. Un robot, bien plus grand que Jherek, construit à la ressemblance d'une femme : une quinquagénaire portant le costume caractéristique des Dernières Civilisations des Multitudes. Sa voix — il s'en aperçut quand elle parla — était un peu rouillée et ses membres avaient tendance à craquer quand elle bougeait. Ses yeux bleus avaient une expression glaciale.

« Alors, Mariette Escampette, vous avez encore fait l'école buissonnière ? dit Mademoiselle avec un claquement de langue réprobateur. Et qui est ce petit garçon-là ? Ce n'est pas l'un des miens, il me semble.

— Nous pensons que c'est un adulte, Mademoiselle, dit Mariette Escampette.

— Quelle sottise, Mariette ! Vous vous laissez encore emporter par votre imagination. Les adultes, ça n'existe plus.

— Il a dit la même chose à propos des enfants. »

Mariette Escampette se plaqua la main sur la bouche pour étouffer un fou rire.

« Calmez-vous, dit Mademoiselle. La seule conclusion que je peux en tirer, c'est que ce jeune homme a également fait l'école buissonnière. Vous serez punis tous les deux : vous n'aurez que du pain et du lait pour votre dîner de ce soir.

— Je vous assure que je suis bien un adulte, Mademoiselle, insista Jherek. Quoique j'aie été enfant en mon temps. Je m'appelle Jherek Carnelian.

— Au moins, vous êtes à peu près poli, dit Mademoiselle, en pinçant les lèvres avec bruit. Il faut que vous fassiez connaissance avec les autres petits garçons et filles. Je ne comprends vraiment pas pourquoi on m'a envoyé un enfant de plus. J'en ai déjà deux de trop par rapport à mon quota. »

Le robot semblait quelque peu sénile, incapable d'accepter de nouvelles informations. Jherek eut le sentiment qu'elle accomplissait sa tâche depuis un laps de temps considérable et que, comme il arrive souvent aux robots dans cette situation-là, ses processus mentaux s'étaient sclérosés. Il décida d'entrer dans son jeu pour l'instant.

« Voici Victor Vaillant, dit Mademoiselle, en passant avec douceur une main de métal sur les boucles brunes du garçon qui se trouvait le plus près d'elle. Et Carl Cavalier, Robert Robuste et Ted Téméraire. Là, Loulou Casse-Cou, Jeannot Costaud et Arthur Ledur, Kurt Courage, Raymond Démon, Gary Galant. Dites bonjour à votre nouveau camarade, mes enfants.

— Bonjour, firent-ils en chœur, avec docilité.

— Comment m'avez-vous dit que vous vous appeliez, mon enfant ? demanda Mademoiselle.

— Jherek Carnelian.

— C'est un nom bizarre, invraisemblable.

— Les noms de vos enfants semblent offrir entre eux une certaine similitude, si je puis me permettre...

— Sottises. De toute façon, nous vous appellerons Jerry... Jerry Jeury. Toujours en train de faire le clown, hein ? »

Jherek haussa les épaules.

« Et voilà les filles... Mariette Escampette, vous la connaissez déjà. Minou Casse-Cou, la sœur de Loulou, Julie Étourdie, Agathe Lacafte.

— Je suis la cafarde de l'école, annonça Agathe Lacafte avec un plaisir non dissimulé.

— Oui, ma chérie, et c'est un rôle que vous jouez très bien. Voilà Gloria Grande. Coco Copine. Katie Coquette, Marlène Hautaine, Charlotte Rigolote.

— Je suis très honoré de faire votre connaissance, dit Jherek, avec une grâce qui n'était pas sans rappeler celle de Lord Jagged. Mais vous pourriez peut-être me dire ce que vous faites sous terre ?

— On se cache ! chuchota Julie Étourdie. Nos parents nous ont envoyés ici pour qu'on échappe au film.

— Au film ?

— *Le Grand Massacre des Premiers-Nés* de Pecking Pa VIII... c'est le titre provisoire, en tout cas, lui dit Arthur Ledur.

— C’est un remake sur la naissance du Christ, ajouta Coco Copine. Pecking Pa va jouer lui-même le rôle d’Hérode. »

Ce nom, à lui seul, avait une signification pour Jherek. Il se rappelait avoir rencontré un jour un voyageur du temps qui fuyait ce même Pecking Pa, le Dernier des Producteurs tyrans, alors que celui-ci préparait un énième drame sur l’éruption du Krakatoa.

« Mais cela se passait il y a des milliers d’années, fit Jherek. Vous ne pouvez pas être ici depuis tout ce temps ! Ou alors...

— Notre unité de travail est la semaine, déclara Mademoiselle, en consultant du regard un chronomètre fixé sur le mur. Si nous ne nous dépêchons pas, nous serons en retard pour le recyclage. Voilà l’ennui avec les parents, ils n’ont aucune considération pour moi, ils m’envoient un enfant de plus sans penser une seconde à mes horaires, et ils s’étonnent ensuite que le rythme de nos activités soit perturbé.

— Vous voulez dire que vous recyclez le *temps* ? demanda Jherek stupéfait. Que vous recommencez éternellement la même semaine ?

— Jusqu’à ce que le danger soit passé, répliqua Mademoiselle. Vos parents ne vous ont pas mis au courant ? Il va falloir vous débarrasser de ces vêtements ridicules. Vraiment, certaines mères ont des idées étranges sur la façon d’habiller leurs enfants. Vous êtes grand pour votre âge, il me semble. Il va falloir vous tailler une chemise et une culotte, pour commencer

— Je n'ai pas envie de porter une chemise et une culotte, Mademoiselle ! Je ne suis pas sûr du tout que ça m'aille.

— Ô Seigneur ! Vous avez été trop gâté, Jerry !

— Je crois que le danger est passé, Mademoiselle, dit Jherek avec désespoir, en reculant d'un pas. L'époque des Producteurs tyrans est terminée depuis longtemps. En fait, nous approchons de la Fin des Temps.

— Eh bien, cela n'aura pas beaucoup d'importance pour nous, n'est-ce pas ? Nous sommes bien à l'abri dans un système clos sur lui-même. Quoi qu'il arrive dans le reste de l'univers, nous vivons éternellement la même période toujours recommencée. Je fais ça toute seule, vous savez, sans l'aide de personne.

— Je crois qu'avec le temps vous vous êtes un peu sclérosée, Mademoiselle. Avez-vous pensé à huiler vos circuits ?

— Jerry, je veux bien croire que votre impertinence n'est pas volontaire, parce que vous êtes nouveau ici, mais je vous avertis que si je vous entends encore dire des choses de ce genre, je me verrai contrainte de prendre des mesures énergiques. Je suis bonne, Jerry, mais je suis ferme. »

Le grand robot glissa sur ses rails avec un bruit de ferraille et tendit vers lui ses gros bras de métal.

« Nous allons commencer par vous déshabiller. »

Jherek salua.

« Je crois qu'il est temps pour moi de m'en aller, Mademoiselle. Mais je reviendrai dès que je le pourrai. Après tout, ces enfants peuvent commencer à grandir, puisque le danger est passé. Ils seront sûrement contents de voir le monde extérieur.

— Tenez votre langue, jeune homme ! rugit Mademoiselle. Tenez votre langue !

— Je n'avais pas l'intention... »

Jherek tourna les talons et fila comme un dard.

« Soldats de la Garde ! » rugit Mademoiselle.

Jherek se vit cerné par une troupe de gros soldats mécaniques. Leur visage était sans expression et leur degré de sophistication n'avait rien de comparable avec celui de Mademoiselle, mais leur corps de métal lui bloquait très efficacement le passage.

Jherek poussa un piaulement en sentant les mains robustes de Mademoiselle se refermer sur lui. Il fut soulevé dans les airs et basculé sur un genou de métal froid. Une main métallique se leva et retomba six fois sur son postérieur, puis il se retrouva debout, et Mademoiselle lui tapota la tête.

« Je n'aime pas punir les enfants, Jerry, dit-elle. Mais c'est pour leur bien qu'on leur ordonne de ne pas quitter la nursery. Vous le comprendrez quand vous serez grand.

— Mais je *suis* grand, insista Jherek.

— Ce n'est pas possible. »

Mademoiselle se mit à le déshabiller et, quelques instants plus tard, il se tenait devant elle, vêtu, comme Kurt Courage, Victor Vaillant et les autres, d'une culotte, d'une chemise et de chaussettes.

« Voilà, dit-elle avec satisfaction, maintenant vous avez moins l'air d'un oiseau rare au milieu des autres. Je sais que les enfants détestent être différents. »

Jherek, qui avait deux fois la taille de ses nouveaux copains, comprit alors qu'il était tombé entre les mains d'une crétine.

9

Le sens du devoir de Mademoiselle

Jherek Carnelian, assis au bout du dortoir, un bol de pain et de lait sur les genoux, l'air misérable et même désespéré, regardait Mademoiselle qui, debout près de la porte, se préparait à leur souhaiter le bonsoir.

« Je dois quand même vous signaler, Mademoiselle, qu'un étranger ayant pénétré dans votre environnement fermé, il s'ensuivra probablement un certain nombre de paradoxes temporels qui ne sauraient manquer de troubler votre mode de vie et le mien plus que nous le souhaiterions.

— C'est l'heure de dormir, à présent, dit fermement Mademoiselle, pour la sixième fois depuis l'arrivée de Jherek. Éteignez les lumières, jeunes gens. »

Jherek savait qu'une fois couché il n'aurait aucun intérêt à se relever. Mademoiselle le repérerait aussitôt et le remettrait au lit. Au moins il n'avait pas de mal à calculer depuis combien de temps il était là. Chaque jour mesurait exactement vingt-quatre heures et chaque heure comptait soixante minutes... le tout fondé sur l'ancien mode de calcul non malléable. L'Époque des Tyrans producteurs avait sans doute été l'une des dernières à l'utiliser. Jherek savait que Mademoiselle avait dû être programmée de manière à réagir aux informations nouvelles et à les traiter intelligemment, mais elle était devenue plus lente avec les siècles. Son seul espoir était de lui répéter sans faiblir une vérité dont l'évidence s'imposait. Cependant, cela prendrait des mois. Il se demanda comment l'Orchidée de Fer et les autres s'étaient débrouillés à la surface. Avec un peu de chance, lorsqu'il réussirait à s'échapper, il trouverait les armes des Lat neutralisées (c'était une chose assez facile à faire, qui avait été accomplie en plusieurs occasions), et leurs propriétaires renvoyés dans l'espace.

« Je crois que nous devrions penser à vous reprogrammer, Mademoiselle ! cria Jherek dans l'obscurité.

— Allons, allons, Jerry, vous savez que je n'aime pas les enfants insolents. »

La porte se ferma. Les roues de Mademoiselle l'emportèrent dans le couloir.

Jherek se demanda s'il avait eu raison de croire détecter une légère incertitude dans la voix de Mademoiselle ce soir.

Du lit voisin, Victor Vaillant lui dit avec admiration :

« Tu as de la suite dans les idées, hein, Jerry ? Je ne comprends pas pourquoi la vieille te laisse t'en tirer comme ça.

— Elle se rend peut-être compte, dans son subconscient, que je suis un adulte, sans pour autant vouloir l'admettre », suggéra Jherek.

Un fou rire agita le dortoir.

« C'est Jerry Jeury tout craché, fit Ted Téméraire, tout le temps en train de faire le clown ! La vie serait loin d'être aussi marrante sans toi, Jerry. »

Comme les autres, il avait immédiatement accepté Jherek et semblait avoir oublié que son arrivée dans la nursery était de date très récente.

Avec un soupir, Jherek se retourna et s'efforça de faire fonctionner ses anneaux énergétiques, comme il le faisait chaque soir, mais il existait visiblement dans la nursery quelque appareil protecteur qui bloquait la source de leur énergie. Il avait encore le fusil-trompeur, mais il ne voyait pas le moyen de s'en servir pour l'instant. Il passa la main sous son oreiller. L'objet était toujours là. Avec un autre soupir, il essaya de s'endormir. Il avait l'impression de se trouver dans une situation encore plus inconfortable que lorsqu'il était le prisonnier de Snoozer Vines dans la Taverne de Jones en 1896. Il se rappela que, là aussi, on l'appelait Jerry. Tous les geôliers lui choisissaient-ils d'instinct le même nom ?

Jherek se réveilla et eut la surprise de constater que, contrairement à l'habitude, la lumière n'était pas allumée ; et puis, il ne sentait pas l'odeur du petit déjeuner ; enfin, Mademoiselle n'était pas debout sur le seuil en train d'agiter sa sonnette et de crier « Réveillez-vous, endormis ! » comme elle le faisait tous les matins.

Pourtant, de l'extérieur du dortoir, provenaient des bruits divers — cris, explosions, hurlements — et tout à coup la porte s'ouvrit toute grande, laissant entrer la lumière.

« *Berchoos eh !* fit une voix familière. *Hoody* ? »

Et le capitaine Mubbers, la moustache hérissée, son instrument de musique dans les mains, s'encadra sur le seuil. Il fusilla Jherek du regard.

« *Kroofrudi !* » s'écria-t-il en le reconnaissant, et un mauvais sourire apparut sur son visage.

Jherek gémit. Les Lat l'avaient retrouvé et maintenant les enfants étaient en danger.

« *Ferkit ! Jillip goff var heggo heg, mibix ?*

— Je ne vous comprends toujours pas, capitaine Mubbers, dit Jherek au brigand-musicien. Je présume toutefois que votre souhait n'a pas changé : vous désirez toujours que je vous accompagne et, bien entendu, je le ferai. J'espère que vous laisserez tranquilles les autres... je veux dire les enfants. »

Avec toute la dignité qu'il put rassembler, compte tenu du fait qu'il portait une veste et un pantalon de flanelle aux rayures vives beaucoup trop petits pour lui, il se leva, les mains en l'air, et s'approcha du Lat.

Le capitaine Mubbers renifla de joie.

« *Shag uk fang dok pist kickle hrunt !* » hurla-t-il.

Ses hommes se groupèrent autour de lui et partagèrent la gaieté de leur chef. L'un d'eux en laissa même tomber son arme, mais fut prompt à la ramasser. Du coup, Jherek se demanda si leur source d'énergie provenait de l'astronef ou si les armes avaient, comme son fusil-trompeur, des cellules indépendantes. Il ne voyait pas comment s'en assurer facilement. Il supporta le rire des Lat avec autant de virilité qu'il put en réunir.

Le rire rendait le nez bulbeux du capitaine Mubbers presque phosphorescent.

« *Uuuungh, k-k-k-roofrudi ! Uuuuuungh, k-kroofrudi !*

— Qu'est-ce que c'est ? Qu'est-ce que c'est ? D'autres garnements qui m'arrivent de là-haut ? fit, depuis le couloir, la voix tonitruante de Mademoiselle. Et en pleine nuit encore ! C'est inconcevable ! »

Le capitaine Mubbers et ses hommes se regardèrent avec une expression de surprise incrédule. Mademoiselle fit force de roues vers eux.

« Vous êtes des gamins mal élevés et vous dérangez mes élèves. N'avez-vous pas de maison où vous pourriez aller ?

— *Kroofrudi !* fit le capitaine Mubbers.

— *Ferkit !* ajouta un autre.

— Pouah ! Répugnant ! dit Mademoiselle. Où avez-vous ramassé ces mots-là ! »

Le capitaine Mubbers alla se placer à la tête de son équipe et menaça Mademoiselle de son instrument. Elle l'ignora complètement.

« Je n'ai jamais vu des petits garçons aussi sales. Et qu'est-ce que vous avez dans les mains ? Des catapultes, je parie ! »

Le capitaine Mubbers braqua son instrument sur Mademoiselle et appuya sur la détente. Une rafale de flamme hurlante la frappa en pleine poitrine. Elle la balaya du geste, comme on chasse un insecte, puis l'un de ses bras se tendit et elle lui arracha l'arme.

« Vilain, vilain, vilain petit garçon. Je n'admets pas qu'on se conduise comme ça dans ma nursery !

— *Olgo glex mibix ?* » fit le capitaine Mubbers en faisant appel à tout son charme. Il essaya de sourire, mais c'est d'un œil vitreux qu'il contemplait Mademoiselle dont la grosse tête de métal se penchait sur lui. « *Freds kolek goj sajo !*

— Je n'écouterai pas davantage ces vilains mots. Il n'y a qu'une seule façon de vous enseigner les bonnes manières, à vous et à vos semblables, jeune homme. »

Jherek vit avec une immense satisfaction le capitaine Mubbers s'élever en vociférant dans les airs, retomber sur le genou de Mademoiselle, perdre son pantalon et recevoir une série de claques sonores sur son postérieur nu et peu engageant. Le capitaine Mubbers appela son équipage à l'aide à grands cris et ils tapèrent tous sur Mademoiselle à coups de pied, la tirèrent par le bras, l'accablèrent d'injures, mais rien n'y fit. Elle acheva posément de châtier le capitaine Mubbers et appliqua tour à tour un traitement semblable à chacun de ses compagnons, en leur confisquant leurs instruments par la même occasion.

Calmés, ils restèrent là, se tenant les fesses, rouges et la larme à l'œil, pendant que Jherek et les garçons du dortoir riaient de plaisir.

Mademoiselle prit son élan vers le couloir avec sa brassée d'instruments exotiques.

« Je ne vous les rendrai que lorsque vous quitterez la nursery, déclara-t-elle. Et vous n'en partirez pas avant d'avoir appris les bonnes manières !

— *Kroofrudi !* fit le capitaine Mubbers avec un regard mauvais en direction du robot qui s'éloignait, mais il ne prononça ce mot qu'à voix basse, d'un air nerveux, plus par bravade que pour tout autre motif. *Hrunt !* »

Jherek plaignait presque le Lat, mais il était heureux de voir les enfants en sécurité.

« Je vous ai entendu ! fit Mademoiselle d'un ton grondeur. Je n'oublierai pas. »

Le capitaine Mubbers saisit ce qu'elle voulait dire. Il n'ouvrit plus la bouche.

Jherek sourit. Il était plus content qu'il ne l'aurait cru de voir le Lat tombé si bas.

« Eh bien, dit-il, nous voilà tous dans le même bateau, pas vrai ?

— *Mibix ?* s'enquit le capitaine Mubbers d'une petite voix vaincue.

— Cependant, l'idée de passer éternellement la même semaine, à jamais recyclée, en compagnie d'enfants, de Lat et d'un robot sénile ne me séduit guère, reprit Jherek sur un ton sarcastique et malheureux qui ne lui était pas coutumier. Il faut vraiment que je réfléchisse à la meilleure façon de m'enfuir et d'effectuer ma réconciliation avec Mrs Amelia Underwood. »

Le capitaine Mubbers hocha la tête.

« *Greef cholokok* », dit-il, en opinant.

Mademoiselle revenait déjà.

« J'ai mis vos jouets sous clef, dit-elle au capitaine Mubbers et aux autres. Et maintenant, droit au lit sans manger. Est-ce que vous avez une idée de l'heure qu'il est ? »

Les Lat la regardèrent d'un œil vide.

« Mon Dieu, j'ai l'impression qu'ils m'ont envoyé un groupe d'arriérés mentaux ! s'écria Mademoiselle. Je croyais qu'on devait les laisser là-haut pour apaiser Pecking Pa. » Elle montra du doigt la rangée de lits vides le long d'un mur du dortoir. « Ici, dit-elle en détachant les syllabes. Au lit. »

Les Lat se traînèrent dans la direction indiquée et regardèrent bêtement les lits.

Mademoiselle soupira, se saisit de l'extra-terrestre le plus proche, le dépouilla de ses vêtements, le jeta sur le matelas et tira les couvertures sur son corps frissonnant. Les autres se déshabillèrent en toute hâte et se mirent au lit.

« Voilà qui est mieux, dit Mademoiselle. Vous commencez à apprendre. » Ses yeux d'un bleu dur se tournèrent vers Jherek. « Jerry, je crois que vous feriez bien de m'accompagner dans mon boudoir. J'aimerais vous dire un mot. »

Jherek, docile, suivit Mademoiselle dans le couloir, puis dans une pièce aux murs couverts de papier, qui montrait des troupeaux de moutons, des paysages peints et d'autres accessoires. On voyait partout énormément de chintz et de plaids. Ce décor rappelait vaguement à Jherek celui de la maison qu'il avait meublée pour Mrs Amelia Underwood.

Mademoiselle roula vers un coin de la pièce.

« Est-ce qu'une tasse de thé vous ferait plaisir, Jerry ?

— Non merci, Mademoiselle.

— Vous vous demandez probablement pourquoi je vous ai fait venir ici, alors que l'heure de vous coucher est passée depuis longtemps.

— C'est une question qui m'est venue à l'esprit, Mademoiselle, en effet.

— Eh bien, annonça-t-elle, mes circuits de pensée créatrice sont en train de se remettre à fonctionner, il me semble. Mes habitudes se sont peu à peu rigidifiées, comme il arrive aux vieux robots, surtout quand ils sont mêlés à une opération de recyclage temporel comme celle-ci. Vous me suivez ?

— Tout à fait.

— Vous êtes plus âgé que les autres enfants, je crois donc que je peux vous parler. Et même », un vrombissement gêné retentit quelque part dans la poitrine de métal, « et même vous demander votre avis. Vous me considérez comme une vieille bûche, pas vrai ?

— Oh ! non, pas exactement, lui dit Jherek avec gentillesse. Nous formons tous des habitudes, à mesure que les millénaires se passent, et il est quelquefois difficile de les perdre quand on n'en a plus besoin.

— J'ai réfléchi à une ou deux choses que vous m'avez dites au cours de la semaine passée. Vous êtes allé à la surface, c'est évident.

— Heu...

— Allons, allons, mon garçon, dites la vérité. Je ne vous punirai pas.

— Oui, Mademoiselle, j'y suis allé.

— Et Pecking Pa est mort ?

— Et oublié. » Jherek se tortilla, mal à l'aise dans son pyjama trop serré. « Plusieurs millénaires se sont écoulés depuis l'Époque des Producteurs tyrans. Le monde est beaucoup plus paisible à présent.

— Et ces étrangers... ils viennent de la phase temporelle extérieure ?

— Oui, plus ou moins.

— Ce qui signifie que des paradoxes vont commencer à apparaître, si nous ne faisons pas attention.

— C'est ce qu'il me semble, d'après ce qu'on m'a raconté sur la nature du Temps.

— Vos informations sont correctes. Cela veut dire que dorénavant je dois être très attentive dans mes réflexions. Je savais que ce moment finirait par arriver. Je dois prendre soin de mes enfants. Ils sont tout ce que j'ai. Ils sont l'Avenir.

— Ou tout au moins le Passé », dit Jherek.

Mademoiselle le fixa d'un œil sévère.

« Désolé, dit-il, c'était une facétie.

— Mon devoir est de les conduire à une époque où ils ne seront plus en danger, poursuivit Mademoiselle. Et il me semble que nous avons atteint cette époque.

— Je suis certain qu'ils seront très bien accueillis dans ma société, lui dit Jherek. Un autre de mes compagnons et moi sommes les seuls à avoir été des enfants. Mes congénères adorent les enfants. J'en suis la preuve.

— Ils sont doux ?

— Oh ! oui, je pense. Je ne suis pas très sûr de bien comprendre ce que vous voulez dire... vous employez des mots qui sont archaïques pour mon entendement... mais je crois que l'adjectif "doux" les décrit assez bien.

— Pas de violence ?

— Là, je ne vous suis plus du tout. Qu'est-ce que c'est que la "violence" ?

— Je suis satisfaite pour l'instant, dit Mademoiselle. Je vous dois de la reconnaissance, Jerry Jeury. Bien que vous soyez toujours en train de faire le clown, vous avez un bon fond. Vous avez réveillé en moi le sens de mes responsabilités principales. » Mademoiselle se mit à minauder (dans la mesure où un robot en était capable). « Vous êtes mon Prince charmant, au fond. Et moi, j'étais la Belle au Bois dormant. Selon toute apparence, il n'y a plus de danger pour les enfants et on peut les laisser grandir normalement. Quelle est la situation dans le monde extérieur ? Trouveront-ils un foyer convenable ?

— Ils trouveront tout ce qu'ils voudront.

— Et le climat ? Il est agréable ?

— Il est ce qu'on veut qu'il soit.

— Le système éducatif ?

— Eh bien, dit Jherek, on pourrait dire, je suppose, que nous sommes partisans de l'auto-éducation. Mais les possibilités sont très grandes. Les bibliothèques des villes pourries sont encore plus ou moins intactes.

— Ces autres enfants. Ils avaient l'air de vous connaître. Ils sont de votre époque ? »

Il était clair que Mademoiselle devenait à chaque instant plus intelligente.

« Ce sont des extra-terrestres qui viennent d'une autre région de la galaxie, dit Jherek. Ils me poursuivaient, quelques-uns de mes amis et moi. »

Il expliqua ce qui s'était passé.

« Eh bien, il faut les expulser, c'est évident, dit Mademoiselle, après avoir gravement écouté son récit. De préférence en les envoyant dans une autre époque où ils ne pourront pas faire de mal. Et ici le temps normal doit remplacer le temps recyclé. C'est une simple histoire de processus à stopper... »

Mademoiselle sombra dans un silence pensif.

Jherek avait recommencé à espérer.

« Mademoiselle, dit-il, pardonnez-moi de vous interrompre, mais dois-je comprendre que vous avez le pouvoir de faire voyager les gens en avant et en arrière dans le temps ?

— En arrière, c'est difficile. Ils ont du mal à y rester fixés, si j'en crois mon expérience. En avant, c'est plus facile. Quant au recyclage — un gloussement métallique naquit dans sa gorge — c'est un jeu d'enfant, pour ainsi dire.

— Vous pourriez donc m'expédier, disons au 19e siècle ?

— Oui. Mais vous n'auriez guère de chances d'y rester longtemps..

— Je connais cette théorie. Nous l'appelons à notre époque l'effet Morphail. Mais vous pourriez m'y expédier.

— Je le pourrais, c'est presque certain. J'ai été spécifiquement programmée pour la Manipulation temporelle. J'en sais probablement plus là-dessus que n'importe qui d'autre.

— Vous n'auriez pas besoin d'utiliser une machine à voyager dans le temps ?

— Il existe une chambre dans ce complexe, mais ce ne serait pas une machine qui se déplacerait physiquement à travers le temps. Nous avons renoncé à ces instruments. En réalité, le voyage dans le temps lui-même, parce qu'il était si peu sûr, a été pratiquement abandonné. C'est seulement pour protéger les enfants que nous avons bâti ces installations.

— Vous voulez bien me renvoyer là-bas, Mademoiselle ? »

Mademoiselle parut hésiter.

« C'est très dangereux, vous savez. J'ai conscience que je vous dois une faveur. Je me sens idiote d'avoir oublié mon devoir. Mais vous envoyer si loin en arrière...

— J'y suis déjà allé, Mademoiselle. Je n'en ignore pas les dangers.

— C'est bien possible, jeune Jerry Jeury. Vous avez toujours été téméraire... et pourtant je n'ai jamais été aussi ferme avec vous que j'aurais dû l'être. Comme j'ai pu rire, ici, en privé, dans mon petit boudoir, de vos clowneries, de toutes les choses que vous disiez..

— Mademoiselle ! Je crois que vous êtes de nouveau en train de perdre le fil ! avertit Jherek.

— Eh ? Remettez un peu de charbon dans le feu, mon garçon, s'il vous plaît. »

Jherek regarda tout autour de lui, mais ne vit pas de feu.

« Mademoiselle ?

— Aha ! fit Mademoiselle. Vous envoyer au 19e siècle. C'était il y a bien longtemps. Il y a bien, bien longtemps. Je n'étais pas encore née. Et vous non plus, vous n'étiez pas né, c'est certain. En ce temps-là, il y avait des océans de lumière et des cités dans les cieux et des bêtes sauvages tout en bronze qui volaient. Il y avait des troupeaux écarlates qui rugissaient et qui étaient plus hauts que des palais. Il y avait...

— En 1896, pour être précis, Mademoiselle. Vous voulez bien faire ça pour moi ? J'y attache une grande importance.

— De la magie, poursuivit-elle, des fantasmes, une nature instable, des événements impossibles, des paradoxes fous, des rêves réalisés, des rêves détraqués, des cauchemars qui l'emportaient sur la réalité. C'étaient des temps riches et sombres...

— En 1896, Mademoiselle.

— Ah ! quelquefois, dans mes accès de romantisme, je me dis que j'aurais aimé être quelque gouvernante du commerce ! quelque grande dame de Hong Kong, la capitale marchande du monde, où se réunissaient les poètes, les savants et les soldats de fortune. Où l'on voyait les navires de cent nations à l'ancre dans les ports. Des vaisseaux de l'Ouest, avec leur cargaison de peaux d'ours et de savons exotiques ; des vaisseaux du Sud, avec leurs équipages d'androïdes à la peau brune, portant des bicyclettes et des sacs de sable ; des vaisseaux de l'Est...

— Il est clair que ce siècle nous intéresse tous les deux, fit Jherek avec désespoir. Ne me refusez pas l'occasion d'y retourner, chère Mademoiselle.

— Comment le pourrais-je ? » Sa voix était devenue presque inaudible, elle s'adoucissait virtuellement à mesure que la nostalgie s'emparait d'elle. En cet instant, Jherek ressentit une profonde sympathie pour la vieille machine ; bien peu avaient eu la chance de voir un robot rêver. « Comment pourrais-je refuser quoi que ce soit à mon Jerry Jeury. Il m'a ramenée à la vie.

— Oh Mademoiselle ! » Jherek était ému aux larmes. Il s'élança et serra dans ses bras le corps rigide. « Et moi aussi, avec votre aide, je renaîtrai à la vie ! »

10

De nouveau sur la route de Bromley

« Réaliser le bond dans le temps est une chose relativement facile, dit Mademoiselle en examinant une rangée d'instruments, dans son laboratoire, au moment où Jherek revenait précipitamment (il avait fait un saut jusqu'à son ranch, pour y prendre quelques pilules de traduction et y étudier ses archives afin de se fabriquer un costume qui ne le différencie pas des demi-dieux de 1896). Oh ! c'est à vous, ça, au fait ! Je l'ai trouvé sous votre oreiller en faisant votre lit. » Le vieux robot désigna le fusil-trompeur posé sur un des bancs. Avec un murmure de remerciements, Jherek le prit et le glissa dans la poche de son pardessus noir. « Le problème, reprit Mademoiselle, c'est de déterminer avec précision les coordonnées spatiales. Une ville appelée Londres (je n'en avais jamais entendu parler avant de vous l'entendre mentionner) dans une île nommée Angleterre. J'ai dû consulter des banques de mémoires plutôt anciennes, je vous assure, mais je crois que tout est tiré au clair.

— Je peux partir ?

— La patience ne vous a jamais étouffé, Jerry. » Mademoiselle eut un petit rire affectueux. Elle semblait avoir gardé implantée en elle l'idée qu'elle élevait Jherek depuis sa petite enfance. « Mais... oui... je crois que vous pourrez partir bientôt. J'espère, en tout cas, que vous avez bien conscience du danger.

— Oui, Mademoiselle.

— Qu'êtes-vous allé vous mettre sur le dos, mon enfant ? Ça ressemble à quelque chose que j'ai vu autrefois dans un remake du tyran Pecking Pa, celui d'un classique, *David Copperfield rencontre le Loup-Garou*. Je le trouvais assez fantaisiste. Mais Pecking Pa a toujours attaché plus d'importance à l'authenticité *affective* qu'à l'exactitude historique, d'après ce que l'on m'a dit. C'est ce qu'il déclarait, en tout cas. Je l'ai rencontré une fois, vous savez. Il y a quelques années, à l'époque où son père était encore en vie. Il était si différent, son père. Un vrai gentleman. On avait du mal à croire qu'ils étaient apparentés. Son père faisait des films charmants, délicieux. Un vrai plaisir de les vivre. La société tout entière y participait, bien entendu. Vous êtes beaucoup trop jeune pour vous rappeler la joie qu'on pouvait éprouver quand on se voyait attribuer ne fût-ce qu'un petit rôle dans *Le Jeune Adolf Hitler* ou dans *Les Quatre Amours du capitaine Marvel*. Avec l'arrivée au pouvoir de Pecking Pa VIII, tout le romantisme a disparu. On n'a plus juré que par le réalisme. Et il y a toujours des gens qui souffrent pendant une période réaliste (qui fournit le sang, hein ? Pas le tyran lui-même). »

En son for intérieur, Jherek Carnelian était très reconnaissant à Pecking Pa VIII de ses excès au nom du réalisme. Sans eux, Mademoiselle ne serait pas là actuellement.

« Évidemment, les histoires étaient toujours à peu près les mêmes, dit Mademoiselle en tripotant quelques manettes, ce qui eut pour effet de donner à l'un des écrans la couleur de l'or liquide, il y avait simplement un peu plus de sang à chaque fois. Voilà, ça devrait aller. J'espère qu'il n'y avait pas d'autre emplacement pour Londres sur votre fameuse île. Elle est très *petite*, Jerry. » Sa grande tête de métal se tourna dans sa direction. « C'est ce que j'appellerais un pays à petit budget. »

Jherek, comme d'habitude, ne la suivait pas très bien. Mais il hocha la tête et sourit.

« Enfin, même les petites unités produisaient assez souvent des spectacles intéressants, dit Mademoiselle avec un soupçon de condescendance. Sautez dans la boîte, Jerry, voilà qui est bien. Je regretterai de vous voir partir, mais il va falloir que je m'y habitue maintenant, je suppose. Je me demande combien d'entre vous se rappelleront encore leur vieille Mademoiselle d'ici quelques années. Mais c'est une réalité de la vie que je dois affronter. Les starlettes finissent forcément par devenir des stars. »

Jherek s'introduisit avec prudence dans la chambre cylindrique au milieu du laboratoire.

« Au revoir, Jerry, fit, de l'extérieur, la voix de

Mademoiselle avant que le bourdonnement ne devienne trop fort, essayez de vous rappeler ce que je vous ai enseigné. Soyez poli. Guettez les répliques de vos partenaires. Évitez les divans des metteurs en scène. Caméra ! On tourne ! »

Et le cylindre parut se mettre à tournoyer sur lui-même. À moins que ce ne fût Jherek qui tournoyât. Il se plaqua les mains sur les oreilles pour ne pas entendre le bruit. Il gémit. Il s'évanouit.

Il se mouvait dans un pays qui était toute douceur, toutes couleurs changeantes et où les gens, désincarnés, avaient une voix mélodieuse, pleine de gentillesse. Il tombait et tombait dans le passé à travers le tissu des siècles, de plus en plus loin en arrière, il approchait des tout débuts de la longue histoire de l'humanité.

Il eut mal, comme jamais auparavant, mais il ne s'en préoccupa nullement. Il connut les dépressions les plus profondes de son existence, mais il ne s'en soucia pas. Et même la joie qui s'emparait de lui ne le touchait pas. Il savait qu'il était porté par les vents du Temps et il savait aussi, sans ressentir l'ombre d'un doute, qu'au bout de son voyage il serait réuni avec son amour perdu, la belle Mrs Amelia Underwood. Et une fois parvenu en 1896, il ne se laisserait pas détourner de sa quête, sa grande quête de Bromley, comme il s'en était laissé détourner auparavant par Snoozer Vines.

Il entendit sa propre voix crier, extatique et mélodieuse :

« Mrs Underwood ! Mrs Underwood ! J'arrive ! J'arrive ! J'arrive ! »

Enfin la sensation de chute cessa, et il ouvrit les yeux, s'attendant à se trouver encore à l'intérieur du cylindre, mais il n'y était pas. Il gisait sur un gazon moelleux, sous une grande lune chaude. Il y avait des arbres et, non loin, la lueur métallique de l'eau. Il vit passer des gens, tous vêtus à la mode de la fin du 19e siècle : des hommes et des femmes, des enfants, des chiens. Il aperçut une calèche qui roulait, tirée par des chevaux. L'un des habitants s'ébranla et se dirigea vers lui d'un pas lent, mais ferme, et il reconnut son costume. Il en avait vu beaucoup du même style pendant son précédent séjour en 1896. Vite il glissa sa main dans sa poche, prit une pilule de traduction et l'avala. Il commença à se lever.

« Excusez-moi, Monsieur, lui dit l'homme avec lourdeur, mais j'étais en train de me demander si vous saviez *lire*.

— Eh bien, en fait... dit Jherek, mais il fut interrompu.

— Parce que je regardais cet écriteau qui est là, à quatre mètres de vous à peine, et qui indique clairement, si je ne m'abuse, que vous êtes prié de ne pas poser le pied sur cette pelouse où vous êtes. Donc, si vous étiez assez aimable pour retourner sur l'allée autorisée au public, je serais, pour ma part, soulagé de pouvoir vous informer que vous avez regagné le droit chemin et que vous n'êtes plus en infraction avec l'un des règlements du Royal Borough de Kensington. En outre, il me faut vous signaler, Monsieur, que si je vous surprenais à nouveau en train de commettre le même délit dans ce parc, je me verrais contraint de prendre votre nom et votre adresse et de veiller à ce qu'un mandat à comparaître devant la cour à une date déterminée ultérieurement vous soit présenté. » Là-dessus, il éclata de rire. « Je regrette, Monsieur, dit-il d'un ton plus naturel, mais franchement vous ne devriez pas être sur cette pelouse.

— Ah ah, fit Jherek, je comprends. Merci, heu... monsieur l'agent, c'est bien ça, n'est-ce pas ? C'est par inadvertance que...

— J'en suis certain, Monsieur. Étant français, si j'en juge par votre accent, vous ne pouvez pas être au courant de nos coutumes. Les règlements sont plus souples là-bas, bien sûr. »

Jherek se dépêcha de passer dans l'allée et se mit en marche en direction de deux grandes grilles en marbre qu'il apercevait dans le lointain. Le policeman lui emboîta le pas, tout en bavardant à bâtons rompus de la France et des autres pays étrangers au sujet desquels il avait eu l'occasion de lire des choses. Enfin il salua et emprunta une autre allée, laissant Jherek à son regret de ne pas lui avoir demandé le chemin de Bromley.

Quand même, se dit Jherek, c'était un soulagement que de ne pas attirer autant l'attention qu'au cours de son dernier voyage à l'aurore des temps. On lui jetait bien un coup d'œil de temps en temps et il se sentait un peu emprunté, ce qui était tout à fait normal, mais il pouvait se promener dans la rue et jouir du spectacle sans intervention extérieure. Les calèches, les fiacres, les carrioles de laitiers, les charrettes d'artisans, tout cela remplissait l'air du craquement des axes, du bruit des sabots, du vacarme des roues. Le soleil était brillant et chaud et les odeurs de la rue n'avaient pas du tout la même qualité que pendant le précédent séjour de Jherek. Il se rendit compte que ce devait être l'été. Il s'arrêta pour humer quelques roses qui débordaient par-dessus le mur du parc. Elles étaient superbes. Leur parfum avait une *texture* qu'il n'avait jamais su reproduire. Il inspecta les feuilles d'un cyprès et constata que, là encore, il manquait à son propre travail une certaine subtilité de détail difficile à définir. Il dégustait, plus encore qu'auparavant, les beautés de 1896. Il s'arrêta pour contempler, fasciné, un omnibus à deux étages qui passait, tiré par de grands chevaux musculeux. À l'étage du dessus, découvert, des chapeaux de paille enrubannés dodelinaient, des ombrelles tournoyaient et des blazers brasillaient ; tandis qu'à celui du dessous, derrière des fenêtres poussiéreuses et un grand désordre d'affiches, trônaient les voyageurs plus compassés, l'œil fixé sur leurs journaux et leurs revues à un penny. Une ou deux fois une automobile passa en crachotant, dans la fumée de son pot d'échappement qui se mêlait à la poussière de la rue, son conducteur enveloppé, malgré la chaleur, dans un long manteau et coiffé d'un casque blanc, et Jherek les contempla avec un émerveillement souriant.

Il ôta son chapeau haut de forme, en se demandant pourquoi son visage lui semblait humide, et se rendit compte alors avec délice qu'il *transpirait.* Il avait déjà observé ce phénomène chez les habitants de cette période, mais n'avait jamais rêvé qu'un jour il pourrait en faire personnellement l'expérience. En regardant les visages des passants — tous à des phases différentes de la jeunesse ou de la décrépitude, tous mâles ou femelles (et sans qu'ils en aient fait eux-mêmes le choix, se rappela-t-il, avec un frisson d'excitation) — il vit que nombre d'entre eux transpiraient aussi. Le sentiment qu'il avait de s'identifier à eux s'en trouva accru. Il leur sourit, comme pour leur dire : « Regardez, je suis le même que vous », mais ils ne comprenaient pas, évidemment. Et même, certains d'entre eux lui répondaient par un froncement de sourcils ; deux dames qui marchaient côte à côte se mirent à pouffer et à rougir.

Il poursuivit sa route dans la direction approximative de l'est, en remarquant que la circulation devenait plus dense. Sur sa gauche, le parc s'acheva et un autre apparut sur sa droite. Des gamins portant des paquets de journaux et des affiches se mirent à courir en criant, des hommes armés de longs bâtons entreprirent de les enfoncer dans des lanternes posées sur de minces et hauts supports, eux-mêmes plantés à intervalles réguliers sur les bords du trottoir, et l'air devint un peu plus frais, le ciel un peu plus sombre.

Jherek, comprenant que la nuit tombait et qu'il s'était laissé envoûter par l'atmosphère au point de courir, cette fois encore, le risque de se laisser détourner de son chemin, décida qu'il était temps de prendre la direction de Bromley. Il se rappela ce que Snoozer Vines lui avait dit : qu'il devrait prendre un train et que ceux-ci partaient d'un endroit qui s'appelait « Victoria » ou peut-être « Waterloo ».

Il s'approcha d'un passant, un gentleman corpulent habillé à peu près de la même façon que lui et qui était en train d'acheter un journal à un petit garçon.

« Excusez-moi, Monsieur, dit Jherek en soulevant son chapeau. Je me demande si vous auriez la bonté de me venir en aide.

— Certainement, Monsieur, si je le puis, répondit cordialement le gros gentleman, en replaçant son argent dans la poche de son gilet.

— Je cherche à me rendre dans une ville du nom de Bromley, qui se trouve dans le Kent, et je me demandais si vous saviez quelle gare conviendrait.

— Eh bien, dit le gentleman corpulent en fronçant les sourcils, ce doit être, selon moi, Victoria ou Waterloo. Ou encore London Bridge. À moins que les trois ne vous y conduisent. Je vous suggérerais de vous procurer un guide des chemins de fer, Monsieur. Je vois à la coupe de votre costume que vous êtes étranger à nos rivages... et l'achat d'un guide des chemins de fer, si vous avez l'intention de voyager dans notre beau pays, serait un investissement qui vous rapporterait en définitive de jolis dividendes. Je regrette de ne pas pouvoir vous être plus utile. Je vous souhaite le bonsoir. »

Et le gentleman corpulent s'éloigna en tanguant d'un bord sur l'autre :

« Cocher ! Cocher ! » cria-t-il.

Jherek soupira et se remit en marche dans la rue animée, où la circulation lui semblait devenir de plus en plus dense à chaque instant. Il regrettait de ne pas avoir maîtrisé la technique de la lecture quand l'occasion s'en était offerte à lui. Mrs Underwood avait essayé de la lui enseigner, mais elle ne lui en avait jamais réellement expliqué les principes comme il l'aurait souhaité. S'il avait pu comprendre la logique qui la régissait, une pilule de traduction, accomplissant sur ses cellules cervicales son effet de restructuration particulier, aurait fait le reste du travail pour lui.

Il essaya d'arrêter plusieurs autres personnes, mais elles avaient toutes l'air trop occupé pour lui parler, et il atteignit enfin un carrefour bondé de véhicules de toutes sortes. Éberlué, il marqua un nouvel arrêt, contemplant, par-dessus les cabs, les voitures de place et les charrettes, la statue d'un archer nu, des ailes aux chevilles, sans doute quelque aviateur héroïque qui avait contribué à sauver Londres au cours d'une de ces guerres périodiques qui l'opposaient aux autres villes-États de l'île. Le vacarme était presque assourdissant et l'obscurité ajoutait à présent à son trouble. Il croyait reconnaître certains bâtiments et autres repères aperçus pendant son dernier voyage dans le passé, mais il ne pouvait pas en être certain. Ils se ressemblaient tous beaucoup. Il vit, de l'autre côté de la rue, la façade écarlate et or d'une maison qui, pour une raison quelconque, lui parut ressembler davantage à ce que devait être à l'origine dans son imagination une demeure du 19e siècle. Elle avait de grandes fenêtres aux rideaux de dentelle par où se déversait la chaude lumière du gaz. D'autres rideaux, en velours rouge ceux-là, étaient écartés des fenêtres et retenus dans cette position par des cordons d'or tissé : ils laissaient filtrer une quantité de parfums agréables. Jherek décida de ne plus essayer d'arrêter les passants trop occupés et d'aller plutôt demander de l'aide dans une de ces maisons. Il plongea avec nervosité au milieu de la circulation, échappa d'abord à un omnibus, puis à un hansom, enfin à un cab, se fit cordialement insulter par presque tout le monde et arriva essoufflé, poussiéreux sur le trottoir opposé.

Debout devant le bâtiment écarlate et or, Jherek se rendit compte qu'il ne savait pas très bien comment s'y prendre pour aller formuler sa requête. Il vit un grand nombre de gens franchir les portes et en conclut qu'une espèce de fête devait avoir lieu à l'intérieur. Il s'approcha d'une des fenêtres et fit de son mieux pour regarder à travers les rideaux de dentelle. Des individus en costume noir assez semblable au sien, mais la taille ceinte d'un grand tablier blanc, se hâtaient, les bras chargés de victuailles, tandis qu'autour de tables, les unes grandes, les autres petites, étaient assis des groupes d'hommes et de femmes qui mangeaient, buvaient et bavardaient. C'était bien une fête. Il y aurait sûrement ici quelqu'un qui pourrait l'aider.

En parcourant la pièce du regard, Jherek vit, assis à une table, dans le coin opposé, des gens vêtus d'une façon un peu différente de la plupart des autres. Ils riaient, se servaient un vin mousseux contenu dans de grandes bouteilles vertes et poursuivaient une conversation animée. Avec un choc, Jherek constata que l'un d'eux, qui portait une veste de velours jaune clair et dont une souple cravate écarlate recouvrait une bonne partie du plastron, ressemblait étonnamment à son vieil ami, Lord Jagged des Canaries. Il semblait en termes amicaux avec les autres. Jherek se dit au début qu'il s'agissait sûrement de Lord Jagger, le juge de son procès, et se persuada qu'il percevait dans ce beau visage paresseux des détails qui le distinguaient de Jagged, mais il savait qu'il se racontait des histoires. Certes, une simple coïncidence pouvait expliquer cette ressemblance, tant de nom que de visage, mais une chance lui était enfin donnée de découvrir la vérité. Il quitta la fenêtre et poussa les portes de la maison.

Aussitôt un petit homme brun s'approcha de lui.

« Bonsoir, Monsieur. Vous avez une table ?

— Je n'en ai pas apporté avec moi », fit Jherek, quelque peu étonné.

Le sourire du petit homme n'était que de façade et Jherek en savait assez pour comprendre qu'il ne témoignait d'aucune amitié à son égard. Il dit en toute hâte :

« Mes amis... là-bas !

— Ah ! » L'explication semblait suffisante. Le petit homme parut soulagé. « Votre manteau et votre chapeau, Monsieur ? »

Jherek se rendit compte qu'il était censé donner en gage ces articles de son costume. Il s'en défit de bon gré et se dirigea aussi vite que possible vers la table où il avait vu Jagged.

Mais, cette fois encore, Jagged avait réussi à disparaître.

Un homme aux traits rudes, au visage aimable, orné d'une grosse moustache noire, leva vers Jherek un regard inquisiteur.

« Comment allez-vous ? dit-il cordialement. Vous devez être M. Fromental, de Paris ? Je suis Harris... et voici Mr Wells, au sujet de qui vous m'avez écrit. » Il désignait un homme mince, au visage étroit, moustache hérissée, yeux bleu clair extraordinairement brillants. « Wells, ce monsieur est l'agent donc Pinker nous a parlé. Il veut s'occuper de toute votre œuvre là-bas.

— Je crains bien... commença Jherek.

— Asseyez-vous, mon cher ami, et buvez un peu de vin. » Mr Harris se leva, serra chaleureusement la main de Jherek et le força à s'asseoir sur une chaise. « Comment vont tous mes bons amis de Paris ? Zola ? J'ai été désolé d'apprendre ce qui est arrivé à ce pauvre Goncourt. Et comment va Daudet maintenant ? Madame Rattazzi se porte bien, j'espère ? » Il cligna de l'œil. « Et n'oubliez pas, quand vous retournerez là-bas, de transmettre mes respects à ma vieille amie, la comtesse de Loynes...

— L'homme qui était assis en face de vous à cette table, dit Jherek. Vous le connaissez, Mr Harris ?

— Il collabore à la *Review* de temps en temps, comme tout le monde. Il s'appelle Jackson. Il nous fait de petits articles sur les arts.

— Jackson ?

— Vous connaissez son travail ? Si vous avez envie de faire sa connaissance, je serai heureux de vous présenter. Mais je pensais que, si vous étiez venu au *Café Royal* ce soir, c'était pour parler à H. G. Wells ici présent. C'est une plus grosse légume en ce moment, n'est-ce pas, Wells ? »

Mr Harris eut un rire tonitruant et tapa sur l'épaule de Mr Wells. Celui-ci sourit faiblement, mais il était clair que la description de Harris lui faisait plaisir.

« Quel dommage que nos collaborateurs réguliers soient si peu nombreux ici ce soir, reprit Harris. Kipling avait dit qu'il viendrait, mais comme d'habitude il est resté dans son coin. Il a un côté vieil ours, vous savez. Et pas de nouvelles de Richards depuis des semaines. Nous pensions aussi que nous aurions l'honneur de recevoir la visite de Mr Pett Ridge ce soir. Tout ce que nous pouvons vous offrir, c'est d'abord Gregory, l'un de nos rédacteurs. » Un jeune homme dégingandé qui sourit en se servant, d'une main peu assurée, un autre verre de champagne. « Notre critique dramatique, qui s'appelle Shaw. » Un homme à barbe rousse, l'air sardonique, au regard presque aussi impressionnant que celui de Mr Wells, vêtu d'un costume en tweed qui semblait beaucoup trop lourd pour la saison, marqua d'une grave inclinaison de tête qu'il avait entendu les présentations, mais resta assis au bout de la table, devant un tas de papiers imprimés sur lesquels il faisait de temps en temps une petite marque au crayon.

« Je suis très heureux de faire votre connaissance, messieurs, dit Jherek Carnelian avec désespoir. Mais c'est à cet homme — à ce Mr Jackson, comme vous l'avez appelé — que je désire parler.

— Vous entendez ça, Wells ? s'écria Mr Harris. Il ne s'intéresse pas du tout à vos envolées fantastiques. Il veut Jackson. Jackson ! » Mr Harris promena autour de lui un regard assez embué. « Où est-il passé ? Il sera enchanté d'apprendre qu'il est lu à Paris, j'en suis sûr. Il va falloir que nous portions son tarif à une guinée l'article si sa célébrité s'accroît encore. »

Mr Wells fronçait les sourcils, l'œil fixé sur Jherek. Quand il parla, sa voix surprit ce dernier tant elle était aiguë.

« Vous n'avez pas l'air très bien, Mr Fromental. Vous êtes arrivé ici récemment ?

— Très récemment, dit Jherek. Et je ne m'appelle pas Fromental, mais Carnelian.

— Où diable est Jackson ? demandait toujours Mr Harris.

— Nous sommes tous un peu éméchés, dit Mr Wells à Jherek. La copie vient de partir et Frank aime bien venir ici pour fêter ça. » Il se tourna vers Harris : « Il a dû regagner le bureau, vous ne croyez pas ?

— Ça doit être ça, dit Mr Harris, satisfait.

— Voudriez-vous être assez aimable pour faire moins de bruit, nom de Dieu, Harris ! dit le rouquin à l'autre bout de la table. J'ai promis de rendre ces épreuves ce soir. Et où est notre dîner, à propos ? »

Mr Wells se pencha et posa la main sur le bras de Mr Harris.

« Vous êtes absolument sûr que ce Fromental va venir, Harris ? Je devrais déjà être parti. J'ai une affaire à régler ce soir.

— S'il va venir ? Mais il est là, non ?

— Il se trouve que ce monsieur se nomme Carnelian, fit sèchement Mr Wells.

— Ah ! bon ? Oh ! Fromental ne va pas tarder ! On peut compter sur lui.

— Je ne savais pas que vous le connaissiez personnellement.

— C'est exact, dit Mr Harris avec désinvolture, mais j'ai beaucoup entendu parler de lui. C'est tout à fait la personne qui peut vous aider, Wells. »

Mr Wells parut sceptique.

« Je crois qu'il vaut mieux que je parte.

— Vous ne restez pas dîner ? » Mr Harris était déçu. « Il y avait une ou deux idées que j'aurais aimé discuter avec vous.

— Je passerai à votre bureau dans le courant de la semaine si vous êtes d'accord, dit Mr Wells en se levant. Il prit sa montre dans la poche de son gilet. Si j'attrape un cab, je devrais être à Charing Cross à temps pour le train de neuf heures.

— Vous retournez à Woking ?

— Je vais à Bromley, dit Mr Wells. Une petite affaire dont j'ai promis à mes parents de m'occuper.

— Vous avez dit à Bromley ? » Jherek jaillit de sa chaise. « À Bromley, Mr Wells ? »

Mr Wells parut amusé.

« Mais oui. Vous connaissez ?

— Vous y allez tout de suite ?

— Oui.

— J'essaie d'aller à Bromley depuis... enfin, depuis très longtemps. Je peux vous accompagner ?

— Bien sûr. » Mr Wells rit. « Je n'ai jamais entendu parler de quelqu'un qui ait eu envie de visiter Bromley. Nous n'étions, en général, que trop contents de pouvoir en partir autrefois. Eh bien, venez, Mr Carnelian. Il va falloir nous dépêcher ! »

11

Une conversation sur les machines à voyager dans le temps et autres sujets

Bien que l'humeur de Mr Wells se soit apparemment beaucoup améliorée après son départ du *Café Royal*, il ne parla guère avant qu'ils ne soient descendus du fiacre pour s'installer confortablement dans une voiture de seconde classe où régnait une forte odeur de fumée. Jherek avait connu un moment de gêne au guichet des billets où il était censé régler le prix de son voyage, mais Wells, le supposant généreusement sans argent anglais, avait payé pour les deux. À présent, il était assis, essoufflé, dans un coin, Jherek en face de lui. Jherek regardait avec une curiosité étonnée l'ameublement de la voiture. Il ne correspondait pas du tout à ce qu'il avait imaginé. Il remarqua de petites taches et des déchirures dans la tapisserie des sièges et se promit de les reproduire fidèlement dès qu'il en aurait l'occasion.

« Je vous suis extrêmement reconnaissant, Mr Wells. Je commençais à me demander si je trouverais jamais Bromley.

— Vous avez des amis là-bas, n'est-ce pas ?

— Une amie, oui. Une dame. Vous la connaissez peut-être ?

— Je connais encore une ou deux personnes à Bromley.

— Mrs Amelia Underwood ? »

Mr Wells fronça les sourcils, secoua la tête et se mit à entasser du tabac dans sa pipe.

« Non, je crains que non. Dans quel quartier habite-t-elle ?

— Son adresse est 23 Collins Avenue.

— Ah ! oui. Une des rues les plus récentes. Bromley s'est beaucoup agrandi depuis mon adolescence.

— Vous connaissez cette rue ?

— Je crois, oui. Je vous indiquerai le chemin, ne vous inquiétez pas. » Mr Wells se laissa aller en arrière sur son siège, une petite lueur dans l'œil. « C'est bien du vieux Harris de vous confondre avec quelqu'un qu'il n'avait jamais vu. Je ne sais pas pourquoi, il déteste avouer qu'il existe des gens qu'il ne connaît pas. Le résultat, c'est qu'il prétend connaître intimement des gens sur lesquels il n'a jamais posé les yeux, que ces gens apprennent qu'il a parlé d'eux comme si c'étaient ses amis les plus chers, qu'ils s'en offensent et qu'ils ne veulent plus avoir aucun rapport avec lui. » La voix de Mr Wells était haut perchée, pétillante, animée. « J'ai quand même pour lui une espèce de crainte respectueuse. Il a mis sur la paille une demi-douzaine de journaux et il publie pourtant à peu près ce qui se fait de mieux à Londres... et puis il m'a donné la chance dont j'avais besoin. Vous écrivez pour les journaux français, n'est-ce pas, Mr Carnelian ?

— Heu... non, fit Jherek, veillant à ne pas répéter son expérience antérieure, lorsqu'il avait dit la vérité pleine et entière et qu'on n'avait pas cru un mot de ce qu'il disait. Je voyage un peu.

— En Angleterre ?

— Oh ! oui.

— Et où êtes-vous allé jusqu'ici ?

— Simplement au 19e siècle. »

Visiblement, Mr Wells crut d'abord avoir mal entendu, puis son sourire s'élargit.

« Vous avez lu mon livre ! s'écria-t-il joyeusement. Donc vous voyagez dans le temps, Monsieur ?

— Oui, dit Jherek, soulagé d'être pris au sérieux pour une fois.

— Et vous avez une machine à voyager dans le temps ? »

La petite lueur se ralluma dans les yeux de Mr Wells.

« Pas pour l'instant, répondit Jherek. En fait, j'en cherche une, car je ne pourrai pas réutiliser la méthode dont je me suis servi pour revenir. Je viens de l'avenir, voyez-vous, pas du passé.

— Je vois », fit gravement Mr Wells.

Le train s'était ébranlé. Jherek regardait des toits noirs de suie succéder à d'autres toits noirs de suie sous la lumière des lampes à gaz.

« Les maisons me paraissent toutes très semblables et fort proches les unes des autres, dit-il. Elles sont assez différentes de celles que j'ai vues tout à l'heure.

— Près du *Café Royal* ? Oui. Il est vrai que vous ne devez pas avoir de taudis à votre époque.

— De taudis ? fit Jherek. Je ne crois pas. » Le mouvement cahotant du train l'amusait beaucoup. « C'est très drôle.

— Rien à voir avec vos monorails, hein ? dit Mr Wells.

— Non, fit poliment Jherek. Connaissez-vous Mr Jackson, Mr Wells ? L'homme qui est parti quand je suis arrivé ?

— Je l'ai vu une ou deux fois. J'ai un peu bavardé avec lui. Il a l'air intéressant. Mais je ne vais que très rarement dans les bureaux du *Saturday Review*... seulement quand Harris insiste. Il a besoin de *voir* ses collaborateurs de temps en temps, pour s'assurer de leur réalité, je suppose. » Mr Wells sourit à l'avance de sa remarque suivante. « Ou peut-être pour s'assurer de sa réalité personnelle.

— Vous ne savez pas où il habite à Londres ?

— Ça, je crains que vous ne deviez le demander à Harris.

— Je ne suis pas sûr d'en avoir l'occasion. Dès que j'aurai trouvé Mrs Underwood, nous devrons nous mettre à la recherche d'une machine à voyager dans le temps. Savez-vous où l'on peut s'en procurer une, Mr Wells ? »

La réponse de Mr Wells fut mystérieuse.

« Ici, dit-il en se tapant le front avec le tuyau de sa pipe. C'est là que j'ai trouvé la mienne.

— Vous l'avez construite vous-même ?

— C'est à peu près ça.

— Elles ne sont donc pas encore répandues à votre époque ?

— Non, pas du tout. Et même, certains critiques m'ont accusé de me laisser emporter par mon imagination. Ils considèrent que mes inventions ne sont pas assez enracinées dans la réalité.

— Ainsi, les machines à voyager dans le temps commencent tout juste à prendre ?

— Eh bien, la mienne, en tout cas, a l'air de prendre très bien. Je commence à en retirer des résultats satisfaisants, quoique au début très peu de gens y aient cru.

— Vous ne seriez pas disposé à m'en fabriquer une, par hasard, Mr Wells ?

— Malheureusement je suis plus doué pour la théorie que pour les sciences appliquées, lui dit Mr Wells. Mais si vous en construisez une et si vous rencontrez quelques succès, ne manquez pas de me le faire savoir.

— La seule machine dans laquelle j'aie jamais voyagé s'est détraquée. À propos, certains indices donnaient à penser qu'elle datait d'une époque antérieure d'environ deux mille ans à celle-ci. Vous êtes donc peut-être, en fait, simplement en train de *re*-découvrir le voyage dans le temps.

— Quelle merveilleuse idée, Mr Carnelian. Il m'arrive rarement de rencontrer une personne dont l'imagination soit d'une qualité si particulière. Vous devriez en faire une histoire pour vos lecteurs parisiens. Vous deviendriez en un rien de temps le rival de M. Verne. »

Jherek ne l'avait pas tout à fait suivi.

« Je ne sais pas écrire, dit-il. Et lire non plus.

— Un véritable Éloï ne doit savoir ni lire ni écrire. »

Mr Wells tira sur sa pipe, en regardant par la fenêtre. Le train longeait à présent des rues plus larges et où les maisons étaient plus espacées, comme s'il existait au centre de la ville quelque force capable de rapprocher les bâtiments, à l'exemple de l'argile condensée par la force centrifuge en tournant sur la roue du potier. Jherek était bien en peine pour trouver une explication et il finit par se désintéresser du problème. Après tout, comment aurait-il pu s'attendre à comprendre l'esthétique de l'Aurore des Temps pour ainsi dire d'un jour à l'autre ?

« Quel dommage que ce ne soit pas vous qui traduisiez mes œuvres, Mr Carnelian, vous vous en tireriez mieux que beaucoup d'autres, je parie. Vous arriveriez même, peut-être, à améliorer l'original. »

N'arrivant plus encore une fois à suivre le discours animé du jeune homme, Jherek Carnelian abandonna et se borna à hocher la tête.

« Enfin, il ne faut pas se laisser aller à pousser les choses trop loin, je suppose, dit pensivement Mr Wells. On me demande souvent où je vais chercher mes idées incroyables. On pense que je recherche délibérément la sensation. Les gens n'ont pas l'air de se rendre compte que ces idées me semblent très *ordinaires*, à moi.

— Oh ! à moi aussi elles me semblent tout à fait ordinaires ! dit Jherek, désireux de témoigner son approbation.

— Vous trouvez ? » fit H. G. Wells, d'un ton un peu froid.

« Nous y voici, Mr Carnelian. Voilà votre fabuleux Bromley. Nous sommes apparemment les seuls visiteurs à cette heure de la nuit. » Mr Wells ouvrit la portière de la voiture et descendit sur le quai. La gare était éclairée par des lampes à pétrole qui clignotaient sous une brise légère. À l'autre bout du train, un homme en uniforme porta un sifflet à ses lèvres et en tira un son strident, tout en agitant un drapeau vert. Mr Wells referma la portière derrière eux et le train se remit en marche. Ils passèrent devant des caisses pleines de fleurs, longèrent une barrière peinte en blanc et arrivèrent devant la sortie. Là, un vieillard accepta les billets que Mr Wells lui tendait. Ils traversèrent le bâtiment de la gare et débouchèrent dans une rue pleine de maisons à deux étages, qu'éclairaient quelques lampes à gaz. Un cheval les dépassa au trot. Deux ou trois enfants jouaient au pied d'un réverbère. Ils tournèrent au coin d'une rue.

« Voici High Street, l'informa Mr Wells. C'est là que je suis né, vous savez. Ça n'a pas beaucoup changé quoique la ville de Bromley elle-même se soit agrandie. Elle est devenue presque un faubourg de Londres.

— Ah ! murmura Jherek.

— Voilà Medhurst, reprit Mr Wells en désignant une vitrine plongée dans l'ombre, et là l'ancien emplacement d'Atlas House. Ça n'a jamais été une grande réussite, le magasin de porcelaine de mon père. Et ici le vieux Bell, où l'on dépensait les trois quarts des bénéfices. Cooper, le tailleur, semble avoir fermé boutique. La poissonnerie de Woodall... » Il eut un petit rire. « Pendant quelque temps, vous savez, cet endroit a été le Paradis pour moi. Puis il est devenu l'Enfer. Maintenant, ce n'est que le Purgatoire.

— Pourquoi êtes-vous revenu, Mr Wells ?

— Une affaire à régler pour le compte de mon père. Je vais descendre à la *Rose and Crown* et je retournerai là-bas demain matin. Ce n'est pas mauvais pour un écrivain de regarder de temps en temps ses racines. J'ai fait pas mal de chemin depuis Bromley et Up Park. J'ai eu beaucoup de chance, je suppose.

— Et moi aussi, Mr Wells, j'ai eu beaucoup de chance de vous rencontrer. » Jherek était presque extatique. « Bromley ! souffla-t-il.

— Vous devez être le premier touriste de cette ville, Mr Carnelian.

— Merci, dit Jherek, dans le vague.

— Et maintenant, fit Mr Wells, je vais vous mettre sur le chemin de Collins Avenue, puis je me rendrai à la *Rose and Crown* avant qu'on ne commence à se demander ce qui m'est arrivé. »

Mr Wells lui fit emprunter plusieurs rues, où les haies étaient extrêmement hautes et les maisons d'allure beaucoup plus récente, pour s'arrêter enfin au coin d'une route bordée d'une seule rangée d'arbres, éclairée par des lampes à gaz.

« Nous voici dans la partie la plus sombre des

nouveaux quartiers, annonça-t-il. Collins Avenue, vous voyez ? »

Il montra du doigt un écriteau que Jherek ne pouvait pas déchiffrer.

« Et où peut bien être le numéro 23 ?

— Je dirais à peu près au milieu... voyons... de ce côté-là de la route. Oui... vous l'apercevez d'ici... juste à côté de ce réverbère.

— Vous êtes très aimable, Mr Wells. Dans quelques instants j'aurai retrouvé mon amour perdu ! J'ai traversé des milliers de siècles pour être à ses côtés ! J'ai infirmé le théorème de Morphail ! J'ai bravé le périlleux déferlement des océans du temps ! Enfin, enfin, mon éprouvante quête de Bromley touche à sa fin ! » Jherek saisit Mr Wells par les épaules et lui planta un solide baiser sur le front. « Et c'est à vous que je le dois, mon cher, très cher Mr Wells. »

Mr Wells recula, peut-être avec un brin de nervosité.

« Heureux d'avoir pu vous être de quelque concours... hum... de quelque secours, Mr Carnelian. Maintenant, il faut vraiment que je me sauve. »

Sur quoi il tourna les talons et repartir d'un pas rapide vers leur direction d'origine.

Jherek était trop heureux pour remarquer un quelconque changement dans l'attitude de Mr Wells. Il s'élança d'un pas ailé sur le trottoir de Collins Avenue. Il arriva devant une grille de fer forgé. Il la franchit d'un bond et longea une allée aux courbes folles menant à la porte d'une villa gothique en brique rouge qui n'était pas très différente de celle que Mrs Underwood lui avait fait construire à la fin des temps.

Il savait ce qu'il devait faire car elle l'avait bien éduqué. Il trouva la cloche. Il tira le cordon. Il ôta son chapeau haut de forme, tout en regrettant de ne pas avoir pensé à apporter quelques fleurs. Il étudia, avec admiration, les lis en verre de couleur qui ornaient la partie supérieure de la porte.

Il y eut un mouvement à l'intérieur de la maison et la porte lui fut enfin ouverte, mais pas par Mrs Underwood. Une assez jeune fille se tenait sur le seuil. Elle portait une robe noire, un tablier et un bonnet blancs. Elle contempla Jherek Carnelian avec un mélange de surprise, de curiosité et de mépris.

« Ouais ?

— Je suis bien au 23 Collins Avenue, Bromley, Kent, Angleterre, 1896 ?

— Tout juste.

— Où réside la belle Mrs Amelia Underwood.

— C'est la résidence Underwood, pour ça oui. Qu'est-ce qui vous amène ?

— Je suis venue voir Mrs Underwood. Est-ce qu'elle est chez elle ?

— C'est quel nom ?

— Carnelian. Dites-lui que Jherek Carnelian est venu la chercher pour la ramener dans leur nid d'amour.

— Dieu du ciel ! fit la jeune fille. C'est un dingue !

— Je ne vous suis pas.

— Et vous faites bien. Allez-vous-en ! Ouste ! Mrs Underwood vous collera la police au train si elle vous entend parler comme ça ! » Elle essaya de fermer la porte, mais la moitié du corps de Jherek était déjà à l'intérieur. « Mrs Underwood est une dame respectable ! Fichez le camp... allons !

— Je n'arrive vraiment pas à comprendre, dit Jherek avec douceur, pourquoi vous vous excitez à ce point. » Sidéré, il n'en refusait pas moins de bouger. « S'il vous plaît, allez dire à Mrs Underwood que je suis ici.

— Oh ! mon Dieu ! oh ! mon Dieu ! s'écria la jeune fille. Un peu de bon sens, s'il vous plaît ! Vous allez vous faire arrêter ! Allons, voilà un brave garçon, sortez d'ici et on n'en parlera plus.

— Je suis venu chercher Mrs Underwood, répéta fermement Jherek. Je ne sais pas pourquoi vous voulez m'empêcher de la voir. Peut-être ai-je offensé l'une de vos coutumes ? J'étais convaincu de les avoir toutes respectées. S'il me reste quelque chose à faire... quelque convention à laquelle je doive me plier... dites-le-moi, dites-le-moi. Je n'ai aucun désir d'être grossier.

— Grossier ! Oh ! mon Dieu ! » Et tournant la tête elle se mit à crier en direction du vestibule : « Madame, madame ! Il y a un fou dehors. Je n'arrive pas à l'empêcher d'entrer toute seule ! »

Une porte s'ouvrit. Le vestibule s'éclaira. Une silhouette en robe de velours marron apparut.

« Mrs Underwood ! s'écria Jherek. Mrs Amelia Underwood ! C'est moi, Jherek Carnelian, qui suis venu vous revendiquer comme mienne ! »

Mrs Underwood était toujours aussi belle, mais sous ses yeux elle se mit à pâlir. Elle s'appuya contre le mur, sa main se porta à son visage. Ses lèvres bougèrent, mais aucun son n'en sortit.

« Au secours, Madame ! supplia la jeune fille, en reculant dans le vestibule. Je ne peux pas le retenir toute seule. Vous savez quelle force ils ont, ces fous !

— Je suis revenu, Mrs Underwood. Je suis revenu !

— Vous... » C'est à peine si elle pouvait prononcer les mots. « Vous... vous avez été *pendu*. Mr Carnelian. Par le cou, jusqu'à ce que mort s'ensuive.

— Pendu ? Avec la machine à voyager dans le temps, vous voulez dire ? J'avais cru comprendre que vous désiriez m'accompagner. Je vous ai attendue. Selon toute évidence, vous avez eu un empêchement. Alors je suis revenu.

— Re... revenu ! »

Il repoussa la jeune fille tremblante. Il tendit les bras pour étreindre la femme qu'il aimait.

Elle porta une main blême à son front livide. Son regard avait quelque chose de fou, d'égaré, et elle semblait se parler à elle-même.

« Mes expériences... c'est trop... je savais que je n'étais pas tout à fait guérie... cette fièvre cérébrale... »

Et avant qu'il ait pu la prendre dans ses bras, elle s'effondra sur le tapis maure aux dessins rouges et noirs.

12

L'horrible dilemme de Mrs Amelia Underwood

« Regardez c'que vous avez fait, à c't heure ! dit la petite bonne d'un ton accusateur. Vous avez pas honte ?

— Comment pourrais-je être responsable de son évanouissement ?

— Vous lui avez fait une peur terrible... comme vous m'avez fait peur à *moi* ! Tous ces vilains mots ! »

Jherek tomba à genoux à côté de Mrs Amelia Underwood et tapota vainement ses mains inertes.

« Si vous me promettez que vous ne ferez rien de *mal*, je vais chercher de l'eau et du *sel volatile*, dit la jeune fille en le guettant d'un œil soupçonneux.

— Quelque chose de *mal* ? Moi ?

— Ah ! vous manquez pas de culot ! »

Le ton était mi-grondeur, mi-admiratif et, lorsque la bonne quitta le vestibule par une porte située sous la cage d'escalier, elle ne semblait plus le considérer comme un danger absolu. Elle réapparut très vite, tenant d'une main un verre d'eau et de l'autre une petite bouteille verte.

« Reculez-vous », dit-elle fermement.

Elle rejoignit Jherek par terre, souleva la tête de Mrs Underwood sur un bras et porta la bouteille à ses narines. Mrs Underwood gémit.

« Vous avez vraiment de la veine, dit la bonne, que Mr Underwood soit à sa réunion. Mais il ne va pas tarder à rentrer. C'est à ce moment-là que vos ennuis vont commencer. »

Mrs Underwood ouvrit les yeux. En voyant Jherek, elle les referma. Et elle se remit à gémir, mais il semblait cette fois que c'était de désespoir.

« N'ayez aucune crainte, chuchota Jherek. Je vous emmènerai loin de tout cela dès que vous serez guérie. »

Sa voix, quand elle réussit à parler, était sous contrôle.

« Où étiez-vous, Mr Carnelian, si on ne vous a pas pendu ?

— Où j'étais ? À mon époque, bien sûr. L'époque que vous aimez. Où nous avons été heureux.

— Je suis heureuse *ici*, Mr Carnelian, avec mon mari, Mr Underwood.

— Naturellement. Mais moins que vous ne le seriez avec moi. »

Elle but une gorgée d'eau, repoussa les sels d'un geste et entreprit de se lever. Jherek et la bonne l'aidèrent. Elle passa lentement dans le salon, copie conforme de celui que Jherek avait créé pour elle, mais un ton au-dessous. L'harmonium n'avait pas, remarqua-t-il, autant de touches que celui qu'il avait fabriqué, et l'aspidistra n'était pas aussi vibrant ; la qualité des antimacassars laissait, elle aussi, à désirer. Mais l'odeur était mieux. Plus riche. Ça sentait davantage le renfermé.

Elle s'assit avec précaution dans l'un des deux grands fauteuils à côté de la cheminée. Jherek resta debout. Elle dit à la jeune fille :

« Vous pouvez nous laisser, Maude Emily.

— Vous laisser, Madame ?

— Oui, ma chère. Mr Carnelian, bien qu'étranger à nos coutumes, n'est pas dangereux. Il nous arrive d'outre-mer.

— Aaah ! fit Maude Emily, grandement soulagée, l'esprit entièrement satisfait de cette explication qui recouvrait tout. Alors, je vous demande de bien vouloir excuser mon erreur, Monsieur. »

Elle fit une espèce de révérence et s'en alla.

« C'est une bonne fille mais dont l'éducation n'est pas encore tout à fait au point, dit Mrs Underwood sur un ton d'excuse. Vous savez combien il est difficile de... mais non, bien sûr, vous ne pouvez pas le savoir. Elle n'est ici que depuis une semaine et elle a déjà cassé presque toute la porcelaine de la maison. Toutefois ses intentions sont bonnes. Nous l'avons prise dans un foyer, vous savez.

— Un foyer ?

— Un foyer de jeunes filles. Quelque chose comme une maison de correction. Au lieu de les punir, on cherche à leur enseigner une profession qui soit utile dans l'existence. D'habitude, bien sûr, elles entrent en service. »

Ce mot avait une consonance vaguement familière.

« Chair à canon ! fit Jherek. Un shilling par jour ! »

Il se sentait quelque peu perdu.

« J'avais oublié, dit-elle. Pardonnez-moi. Vous savez si peu de choses de notre société.

— Au contraire, répliqua-t-il. J'en sais encore plus qu'auparavant. Quand nous retournerons là-bas, Mrs Underwood, vous serez étonnée de constater combien de choses j'ai apprises.

— Je n'ai pas l'intention de retourner dans votre époque décadente, Mr Carnelian. »

Il y avait dans sa voix quelque chose de glacé qui le troubla.

« Je n'ai été que trop heureuse de m'en échapper », reprit-elle. Puis, d'un ton un peu plus aimable : « Non, bien sûr, que vous n'ayez été l'hospitalité même, à votre manière. Je vous en serai toujours reconnaissante, Mr Carnelian. J'avais commencé à me convaincre que tout ceci m'était arrivé en rêve...

— Que votre amour pour moi était un rêve ?

— Je ne vous ai jamais dit que je vous aimais, Mr Carnelian.

— Vous m'avez laissé entendre...

— Vous avez mal lu dans mes...

— Je ne sais pas lire. Je croyais que vous m'apprendriez.

— Je veux dire que vous avez mal interprété une de mes paroles. Je n'étais pas moi-même, ce jour-là, dans le jardin. Il est heureux que j'ai été enlevée avant que... avant que nous n'ayons commis quelque acte que nous regretterions tous les deux. »

Il ne se laissa pas ébranler.

« Vous m'aimez. Je le sais. Dans votre lettre...

— J'aime Mr Underwood. C'est mon mari.

— Je serai votre mari.

— Ce n'est pas possible.

— Tout est possible. Quand nous serons de retour, mes anneaux énergétiques...

— Ce n'est pas ce que je voulais dire, Mr Carnelian.

— Nous pourrions avoir de vrais enfants, dit-il, tentateur.

— Mr Carnelian ! »

Elle avait enfin retrouvé ses couleurs.

« Vous êtes belle, dit-il.

— Je vous en prie, Mr Carnelian. »

Il soupira de plaisir.

« Très belle.

— Je vais devoir vous demander de partir. En fait mon mari va revenir sous peu de sa réunion. Je serai contrainte de lui raconter que vous êtes un vieil ami de mon père... qu'il a fait connaissance de votre famille alors qu'il était missionnaire dans les mers du Sud. Ce sera un mensonge, et je déteste mentir. Mais ce sera plus facile pour nous deux. Dites-en aussi peu que possible.

— Vous savez que vous m'aimez, déclara-t-il avec fermeté. Dites-le-lui. Partez avec moi tout de suite.

— Je ne ferai rien de tel ! Il y a déjà eu des difficultés — ma comparution devant le tribunal —

le scandale possible. Mr Underwood n'est pas un homme doté d'une imagination excessive, mais il y a eu un moment où il a commencé à nourrir quelques soupçons...

— Des soupçons ?

— À propos de l'histoire que j'ai été forcée de concocter pour essayer de vous sauver, Mr Carnelian. Vous sauver de la corde.

— Quelle corde ? »

Sa voix eut un accent désespéré.

« À propos, comment avez-vous pu échapper à la mort et revenir ici ?

— J'ignorais que la mort menaçait ! Mais je suppose que ce risque est toujours présent dans les voyages à travers le temps. Je suis revenu grâce à l'aide qui m'a été offerte par une bonne vieille créature appelée Mademoiselle. Je cherchais depuis quelque temps déjà un moyen de regagner l'an 1896 afin que nous puissions être réunis. Un heureux accident a conduit à une série d'événements qui ont eu pour résultat final mon arrivée ici, à Collins Avenue. Connaissez-vous un certain Mr Wells ?

— Non. Il a prétendu me connaître ?

— Non. Il venait régler une affaire pour son père à la *Rose and Crown*. Il m'a raconté qu'il inventait des machines à voyager dans le temps. Son violon d'Ingres, à ce que j'ai cru comprendre. Il n'en fabrique pas lui-même. Ce soin, il le confie à d'autres. J'avais l'intention de lui demander le nom d'un artisan qui pourrait nous en construire une. Notre retour en serait grandement facilité.

— Mr Carnelian, je *suis* revenue... pour de bon. Cette maison est la mienne. »

Il regarda autour de lui d'un œil critique.

« Elle est plus petite que la *nôtre*. Du point de vue de l'authenticité, l'avantage est pour celle-ci, je vous l'accorde, mais il lui manque une certaine vie, vous ne trouvez pas ? Je ne devrais peut-être pas mentionner les insuffisances de Mr Underwood, pourtant je pense qu'il aurait pu vous en donner davantage. » Il se désintéressa du sujet et se mit à fouiller dans ses poches pour voir s'il avait apporté quelque chose qui pourrait faire office de cadeau, mais tout ce qu'il avait, c'était le fusil-trompeur que Mademoiselle lui avait rendu peu avant qu'il n'entreprenne son voyage. « Je sais que vous aimez les bouquets de fleurs et les water-closets et toutes ces choses (vous voyez, je me rappelle ce que vous m'avez dit dans le plus grand détail), mais des fleurs, je n'ai pas pensé à en fabriquer, et quant au water-closet, c'est un objet qui se serait révélé un peu encombrant pour une expédition dans le temps. » Cependant, et à l'instant même où l'idée lui en venait, il se mit à ôter son plus joli anneau énergétique, un rubis, « si vous vouliez bien accepter ceci, j'en serais plus qu'enchanté.

— Je ne puis accepter de vous aucune espèce de cadeau, Mr Carnelian. Comment l'expliquerais-je à mon mari ?

— Expliquer que je vous ai donné quelque chose ? Est-ce que ce serait nécessaire ?

— Oh ! je vous en prie, je vous en prie, allez-vous-en ! » Elle sursauta en entendant un mouvement dehors, dans le couloir. « C'est lui ! » Elle parcourut la pièce du regard comme une bête aux abois. « N'oubliez pas, dit-elle dans un murmure pressant, ce que je vous ai dit.

— Je vais essayer, mais je ne comprends pas... »

La porte du salon s'ouvrit et un homme de taille moyenne entra.

Mr Underwood portait un pince-nez. Sa chevelure couleur de paille était partagée en deux par une raie très nette. Son grand col blanc s'incrustait impitoyablement dans son cou rose et le nœud de sa cravate était serré de si près qu'il en paraissait presque microscopique. Il était en train de déboutonner sa veste de l'air d'un homme qui se dépouille d'un survêtement protecteur dans un milieu dont il n'est pas absolument sûr. D'un geste précis, il posa un livre noir qu'il avait apporté avec lui. D'un autre geste précis, il haussa les sourcils et, toujours avec précision, lissa un poil qui s'était échappé de sa moustache parfaitement symétrique.

« Bonsoir », dit-il, avec à peine un soupçon d'interrogation dans la voix. Et, pour tenir compte de la présence de sa femme : « Ma chère.

— Bonsoir, Harold. Harold, voici Mr Carnelian. Il nous arrive des Antipodes où son père et le mien étaient, vous vous en souvenez sans doute, missionnaires.

— Carnelian ? C'est un nom qui sort de l'ordinaire, Monsieur. Et pourtant, si j'en crois mes souvenirs, c'est aussi celui de ce criminel qui...

— Son frère, coupa Mrs Underwood. Je lui présentais mes condoléances lorsque vous êtes entré.

— Épouvantable affaire. » Mr Underwood eut, pour un journal posé sur la commode, le regard du chasseur qui voit sa proie disparaître hors de portée de son arc. Il soupira et, peut-être, sourit. « Ma femme a été très courageuse, savez-vous, de témoigner volontairement pour la défense. Grand risque de scandale. Pas plus tard que ce soir, je disais à Mr Griggs, au cours de notre réunion biblique, que si nous suivions tous avec autant de courage les enseignements de notre conscience, nous aurions toutes chances d'approcher de bien plus près les portes du royaume des cieux.

— Ha ha, fit Mrs Underwood. Vous êtes trop bon, Harold. Je n'ai fait que mon devoir.

— Nous n'avons pas tous votre force d'âme, ma chère. C'est une femme admirable, n'est-ce pas, Mr Carnelian ?

— Sans aucun doute », dit Jherek du fond du cœur. Il contemplait son rival avec une curiosité non dissimulée. « La femme la plus merveilleuse de votre monde... de n'importe quel monde, Mr Underwood.

— Hum, oui, dit Mr Underwood. Vous lui êtes reconnaissant du sacrifice qu'elle a fait, bien entendu. Votre enthousiasme est compréhensible...

— Du sacrifice ? » Jherek se tourna vers Mrs Underwood. « J'ignorais que ce genre de rites fût en usage dans cette société. Qui avez-vous... ?

— Vous êtes resté longtemps éloigné de l'Angleterre, monsieur ? demanda Mr Underwood.

— J'en suis à ma seconde visite, répondit Jherek.

— Ah ah ! » Mr Underwood parut se satisfaire de cette explication. « Vous vivez dans les profondeurs ténébreuses de la jungle, eh ? Vous apportez la lumière à l'âme primitive ?

— J'étais dans une forêt... commença Jherek.

— Il vient seulement d'apprendre le triste sort de son frère », intervint Mrs Underwood.

Jherek n'arrivait pas à comprendre pourquoi elle passait son temps à les interrompre. Il avait l'impression de s'en tirer assez bien avec Mr Underwood ; de s'en tirer plutôt mieux qu'il ne l'aurait cru, en réalité.

« Avez-vous offert un rafraîchissement à Mr Carnelian, ma chère ? » Le pince-nez de Mr Underwood, qui parcourait la pièce du regard, accrocha la lumière. « Nous sommes abstinents, Mr Carnelian, inutile de le préciser. Mais si vous aviez envie d'une tasse de thé... »

Mrs Underwood tira avec enthousiasme le cordon de la sonnette.

« Quelle bonne idée ! » s'écria-t-elle.

Maude Emily apparut presque aussitôt et reçut l'ordre d'apporter pour eux trois du thé et des biscuits. Elle regarda Mr Underwood, puis Jherek Carnelian, puis de nouveau Mr Underwood. Ce regard était chargé de signification et fit apparaître un très léger soupçon de panique sur les traits par ailleurs résolument figés de Mrs Underwood.

« Du thé ! fit Jherek une fois Maude Emily partie. Je ne crois pas que nous y ayons jamais goûté. Ou bien me... »

Cette fois ce fut Mr Underwood qui vint, par inadvertance, au secours de sa femme.

« Vous n'avez jamais bu de thé ? Oh ! mais alors, c'est une gâterie que vous ne devez pas manquer ! Vous passez sûrement les trois quarts de votre temps loin de la civilisation, Mr Carnelian.

— De celle-ci, oui. »

Mr Underwood ôta son pince-nez. Il prit dans sa poche un grand mouchoir blanc. Il frotta le pince-nez.

« Je vois ce que vous voulez dire, Monsieur, dit-il gravement. Qui sommes-nous pour reprocher au malheureux sauvage son manque de culture alors que nous vivons nous-mêmes des temps sans Dieu ?

— Sans Dieu ? J'avais l'impression que cette époque était religieuse.

— Mr Carnelian, vous êtes mal informé, je le crains. Votre foi peut, j'en suis sûr, s'épanouir sans obstacles dans la hutte indigène où votre Bible et Notre Seigneur sont votre seule compagnie. Mais les sujets de distraction contre lesquels nous devons nous débattre, ici, dans notre Angleterre, seraient suffisants pour nous pousser à tout abandonner et à rechercher les consolations de la Haute Église. J'ai même connu un homme », il baissa la voix, « un habitant de Bromley qui a été un jour très près de se tourner vers *Rome*.

— Il n'arrivait pas à trouver Bromley ? » Jherek éclata de rire, heureux de constater que Mr Underwood et lui s'entendaient si bien. « Moi aussi, j'ai eu beaucoup de mal. Si je n'avais pas rencontré un certain Mr Wells dans un endroit qui s'appelait, je crois, le *Café Royal*, je serais encore à sa recherche.

— *Le Café Royal !* » siffla Mr Underwood, à peu près du même ton que celui sur lequel il avait prononcé le mot « Rome ». Il replaça son pince-nez et contempla fixement Jherek Carnelian.

« Je m'étais égaré..., se mit à expliquer Jherek.

— Qui ne l'était pas avant de pénétrer dans ces lieux qui sont la porte du monde de la pègre.

— ... et j'y ai rencontré quelqu'un qui avait vécu à Bromley.

— Mais qui n'y habite plus, je suppose ?

— C'est ce que j'ai cru comprendre. »

Mr Underwood poussa un soupir de soulagement.

« Mr Carnelian, dit-il, vous feriez bien de garder présent à l'esprit le sort de votre malheureux frère. Il était sûrement aussi innocent que vous quand il est arrivé à Londres. N'oubliez pas, je vous en conjure, que si cette cité a été surnommée la Ville de Satan, ce n'est pas pour rien !

— Qui est-ce, ce Mr Satan ? demanda Jherek sur le ton de la conversation. Voyez-vous, j'étais en train de recréer cette ville, et il me serait utile de bénéficier des conseils d'une personne qui...

— Maude Emily ! psalmodia Mrs Underwood, sur le ton de quelqu'un qui aperçoit la terre après plusieurs jours de navigation dans un bateau non ponté. Le thé ! » Elle se tourna vers eux. « Le thé est là.

— Ah ! le thé », fit Mr Underwood, mais il fronçait les sourcils en réfléchissant aux dernières phrases de Jherek. Même celui-ci commençait à se douter qu'il avait commis un impair — en dépit de toutes ses précautions — ce qui ne voulait pas dire qu'il jugeait bien nécessaire la tromperie de Mrs Underwood. Tout ce qu'il fallait faire, en réalité, c'était expliquer le problème à Mr Underwood (qui ne partageait visiblement pas sa passion pour Mrs Underwood) et Mr Underwood comprendrait parfaitement que lui, Jherek, avait toutes les chances d'être beaucoup plus heureux avec Mrs Underwood. Mr Underwood pourrait très bien rester là (avec Maude Emily, peut-être), et Mrs Underwood partirait avec lui, Jherek.

Pendant que Maude Emily servait le thé, que Mrs Underwood, debout près de la cheminée, tripotait un petit mouchoir en dentelle et que Mr Underwood surveillait les gestes de la bonne à travers son pince-nez comme pour s'assurer qu'elle versait dans chaque tasse la quantité convenable de liquide, Jherek demanda :

« Je suppose que vous êtes heureuse ici, n'est-ce pas, Maude Emily, avec Mr Underwood ?

— Oui, Monsieur, répondit-elle d'une petite voix.

— Et vous êtes content de Maude Emily, Mr Underwood ? »

Mr Underwood agita la main et remua les lèvres, se déclarant par cette mimique aussi content d'elle qu'il pensait devoir l'être.

« Magnifique », dit Jherek.

Un silence suivit. On lui tendit une tasse à thé.

« Qu'en pensez-vous ? » Mr Underwood s'était animé en regardant Jherek boire. « Il y a des gens qui déconseillent l'usage du thé, en arguant que c'est un stimulant dont nous pouvons très bien nous passer. » Il eut un sourire jaune. « Mais nous ne serions pas humains si nous n'avions pas nos petites faiblesses, je le crains. Alors, est-ce que c'est bon, Mr Carnelian ?

— Excellent, fit Jherek. En fait, j'en ai déjà bu. Mais nous l'appelions autrement. Par un nom plus long. Qu'était-ce donc, Mrs Underwood ?

— Comment le saurais-je, Mr Carnelian ? »

Elle parlait avec désinvolture, mais le fusillait du regard.

« Lap quelque chose, dit Jherek. Sou quelque chose.

— Lap-san-sou-chong ! Ah, oui ! Vous l'aimiez beaucoup, mon cher, n'est-ce pas ? C'est du thé de Chine.

— C'est ça ! fit Jherek avec un large sourire en guise de confirmation.

— Vous avez déjà rencontré ma femme, Mr Carnelian ?

— Quand nous étions enfants, coupa Mrs Underwood. Je vous l'ai expliqué, Harold.

— On ne vous donnait sûrement pas du thé à boire quand vous étiez enfants ?

— Bien sûr que non, répliqua-t-elle.

— Enfants ? » Jherek, qui pensait à autre chose pendant ce temps, s'illumina tout à coup. « Enfants ? Vous comptez avoir des enfants, Mr Underwood ?

— Malheureusement — Mr Underwood se gratta la gorge — notre union n'a pas encore été bénie par...

— Un problème ?

— Oh ! non...

— Vous n'avez peut-être pas trouvé le truc pour les fabriquer avec la vieille méthode directe, à l'ancienne ? J'avoue qu'il m'a fallu un certain temps pour m'y retrouver. Vous savez — Jherek se retourna pour s'assurer que Mrs Underwood était bien incluse dans la conversation —, découvrir ce qui entre dans quoi et tout ce qui s'ensuit !

— Nnng, fit Mrs Underwood.

— Dieu du ciel ! »

Mr Underwood tenait encore sa tasse à thé à mi-chemin de ses lèvres. Pour la première fois depuis son entrée dans la pièce, ses yeux semblaient vivants.

Jherek était secoué de rire.

« Mes recherches ont été très longues. Ma mère, l'Orchidée de Fer, m'a expliqué ce qu'elle savait et au bout du compte, après avoir ajouté ses informations aux miennes, elle a pu me faire bénéficier de son expérience pratique. Pour ce qui est de faire l'amour, elle s'intéresse depuis toujours aux idées neuves. Elle m'a raconté que, si elle avait utilisé du sperme authentique pour ma conception, elle n'avait pas pour autant adopté l'ancienne méthode. Mais, une fois le mécanisme bien au point (et cela impliquait quelques transformations biologiques mineures), elle n'a jamais plus, me dit-elle, estimé que les façons conventionnelles de faire l'amour lui apportaient plus de plaisir. Il y a quelque chose qui ne va pas, Mr Underwood ? Mrs Underwood ?

— Monsieur, dit Mr Underwood, en s'adressant à Jherek avec une répugnance glacée, je crois que vous êtes fou. La charité m'ordonne de supposer que vous êtes atteint, comme votre frère, de cette même maladie du cerveau qui l'a envoyé à l'échafaud.

— Mon frère ? » Jherek fronça les sourcils. Puis il cligna de l'œil en direction de Mrs Underwood. « Ah ! oui, mon frère... »

Mrs Underwood, le souffle court, s'assit brusquement sur le tapis, tandis que Maude Emily, les lèvres serrées, le visage très rouge, faisait de drôles de petits bruits étranglés.

« Pourquoi êtes-vous venu ? Oh ! pourquoi êtes-vous venu ? murmura Mrs Underwood, toujours assise par terre.

— Parce que je vous aime, comme vous le savez, expliqua patiemment Jherek. Voyez-vous, Mr Underwood, ajouta-t-il sur le ton de la confidence, je désire m'en aller avec Mrs Underwood.

— Vraiment ? » Mr Underwood offrit à Jherek un sourire particulièrement oblique et vitreux. « Et puis-je vous demander ce que vous avez l'intention d'offrir à ma femme, Mr Carnelian ?

— Offrir ? Un cadeau ? Heu, oui... » De nouveau, il tâta ses poches, sans rien y trouver d'autre que le fusil-trompeur. Il l'en sortit. « Ceci ? »

Mr Underwood leva les mains en l'air.

13

Étranges événements à Bromley une nuit d'été 1896

« Épargnez-les, dit Mr Underwood. Emmenez-moi si vraiment il le faut.

— Mais je ne veux pas de vous, Mr Underwood, dit Jherek du ton le plus raisonnable, en agitant son fusil. Ce qui n'empêche que c'est très aimable à vous de le proposer. C'est *Mrs* Underwood que je veux. Elle m'aime, voyez-vous, et je l'aime aussi.

— Est-ce vrai, Amelia ? »

Elle secoua la tête en silence.

« Vous entretenez une quelconque liaison avec cet homme ?

— C'est exactement le mot que je cherchais, dit Jherek.

— Je ne crois pas que vous soyez le frère de cet assassin. » Mr Underwood n'oubliait pas de tenir les mains au-dessus de sa tête. « Vous avez, je ne sais comment, échappé à l'échafaud... et vous, Amelia, vous semblez avoir contribué à égarer la justice. J'ai bien eu l'impression à l'époque...

— Non, Harold. Je n'ai rien fait dont je puisse avoir honte... ou du moins, je n'ai fait que très peu de choses... Si j'essayais de vous expliquer ce qui m'est arrivé une nuit, alors que...

— Une nuit. Et quand ça ?

— J'ai été enlevée.

— Par cet homme ?

— Non, ça, c'est arrivé plus tard. Oh ! mon Dieu ! Si je ne vous ai rien dit, Harold, c'est parce que je savais qu'il vous serait impossible de me croire. C'eût été vous imposer un fardeau que je savais ne pas devoir vous faire porter.

— Le fardeau de la vérité, Amelia, est toujours plus facile à porter que celui du mensonge.

— J'ai été transportée jusque dans l'avenir le plus éloigné de notre monde. Comment, je ne puis l'expliquer. J'y ai rencontré Mr Carnelian, qui a été bon pour moi. Je croyais ne jamais revenir ici, et pourtant je suis revenue... à l'instant même où j'étais partie. J'en ai conclu que j'avais fait un rêve plus vivant qu'à l'ordinaire. Et puis j'ai appris l'apparition de Mr Carnelian à notre époque... et qu'on le jugeait pour meurtre.

— C'est donc bien le même homme !

— J'ai estimé de mon devoir de l'aider. Je savais qu'il ne pouvait pas être coupable. J'ai essayé de prouver qu'il était fou afin que sa vie, au moins, soit épargnée. Mes efforts sont pourtant restés infructueux. Ils n'avaient guère été soutenus par la naïve insistance que Mr Carnelian mettait à répéter une vérité que personne ne pouvait croire. Il a été condamné à mort. Aux dernières nouvelles, il avait péri sous les auspices habituels de la loi.

— Ridicule, dit Mr Underwood. Je vois à présent que j'ai été un parfait imbécile. Ou bien vous êtes aussi folle que lui, ou vous vous êtes rendue coupable de la tromperie la plus éhontée qui ait jamais pu être commise par une femme égarée aux dépens d'un époux confiant. » Mr Underwood tremblait. Il se passa une main sur la tête, dérangeant ainsi l'ordonnance de sa chevelure. Il desserra sa cravate. « Enfin, par bonheur, la Bible est très claire sur ce point. Vous devez partir, évidemment. Vous devez quitter ma maison, Amelia, et remercier Notre Seigneur Jésus-Christ de nous avoir donné le Nouveau Testament et les conseils qu'Il y prodigue. Si nous vivions encore aux temps de l'Ancien Testament, votre châtiment serait moins doux !

— Harold, je vous en prie. Vous n'êtes pas vous-même, je le vois bien. Si vous vouliez essayer d'écouter l'histoire de Mr Carnelian...

— Ha ! Dois-je encore prêter l'oreille à ses divagations avant qu'il ne me tue ?

— Vous tuer ? dit gentiment Jherek. C'est ça que vous souhaitez, Mr Underwood ? Je ferai n'importe quoi pour vous être agréable...

— Oh ! »

Jherek vit Maude Emily quitter la pièce. Peut-être la conversation commençait-elle à l'ennuyer. Lui-même avait énormément de mal à comprendre Mr Underwood, dont la voix tremblait tellement et passait si souvent à l'aigu que ses paroles en étaient très déformées.

« Je ne vous opposerai aucun obstacle, lui dit

Mr Underwood. Prenez-la et partez, si c'est ce que vous désirez. Elle vous a dit qu'elle vous aimait ?

— Oh ! oui. Dans une lettre.

— Une lettre ? Amelia ?

— Je lui ai écrit une lettre, mais...

— Vous êtes donc folle, autant que traîtresse. Quand je pense que j'ai entretenu, sous mon propre toit, pareille créature. Je vous croyais droite. Je vous prenais pour une vraie chrétienne. Et même, Amelia, je vous *admirais*. J'admirais ce qui n'était chez vous, semble-t-il, qu'un déguisement, un voile d'hypocrisie.

— Oh ! Harold, comment pouvez-vous croire ce genre de choses ? Si vous saviez jusqu'où je suis allée pour défendre mon...

— Votre honneur ? Vraiment, ma chère, vous devez avoir une piètre opinion de mon cerveau, si vous croyez pouvoir continuer à jouer votre petite charade !

— Eh bien, fit gaiement Jherek, qui aurait bien voulu que Mr Underwood s'exprimât de façon plus claire, mais qui se réjouissait de voir résolu le problème principal, si nous nous en allions, Mrs Underwood ?

— Je ne peux pas, Mr Carnelian. Mon mari n'est pas lui-même. Le choc de votre apparition et de votre... de votre langage. Je sais que vos intentions ne sont pas mauvaises, mais la perturbation que vous provoquez est encore pire que je ne le craignais. Mr Carnelian... remettez, je vous prie, ce fusil dans votre poche ! »

Il s'exécuta.

« Je pensais l'offrir en échange. Je croyais comprendre...

— Vous ne comprenez rien du tout, Mr Carnelian. Il vaudrait mieux que vous partiez...

— Allez-vous-en avec lui, Amelia, j'insiste là-dessus. » Mr Underwood baissa les mains, prit son mouchoir de poche et, d'un air précis et pensif, avec de fréquents regards en direction du tissu blanc, s'essuya le front. « C'est ce que vous désirez tous les deux, n'est-ce pas ? Votre liberté. Oh ! je vous l'accorde avec joie. Vous polluez la sainteté de ma maison !

— Harold, je suis stupéfaite de la véhémence... vous qui avez toujours prêché la charité. Vous qui êtes si *calme* en temps ordinaire !

— Je devrais être calme en ce moment !

— Je suppose que non, mais...

— Toute ma vie j'ai vécu selon certains principes... des principes que je croyais partagés par vous. Devrais-je me joindre à vous pour les rejeter ? Votre père, le révérend Vernon, m'avait prévenu autrefois que votre nature était portée à l'indiscipline. Après notre mariage, je n'ai trouvé chez vous aucun signe de ce trait de caractère et j'ai pensé que la tâche apaisante de devenir une bonne épouse l'avait chassé de votre âme. Or, il y restait enfoui. Et même, pas très profondément !

— Je me demande, Harold, si ce n'est pas vous qui êtes fou ! »

Il leur tourna le dos.

« Allez-vous-en !

— Vous le regretterez, Harold. Vous savez que vous le regretterez !

— Regretter une épouse qui entretient sous mon propre toit une liaison avec un criminel convaincu de meurtre ? Ah oui ! » Il eut un rire sans humour. « Je suis sûr que je le regretterai ! »

Jherek prit Mrs Underwood par le bras.

« Nous partons ? »

Son regard implorant restait fixé sur son mari, mais elle laissa Jherek la conduire vers la porte.

Et ils se retrouvèrent dans la paix de Collins Avenue. Jherek se rendit compte que Mrs Underwood était perturbée par la séparation.

« Je trouve que Mr Underwood a très bien accepté la situation, pas vous ? Vos craintes étaient sans fondement, Mrs Underwood, vous voyez. Il vaut toujours mieux dire la vérité. Mr Underwood l'a bien fait comprendre. Il ne s'est peut-être pas comporté avec autant d'élégance qu'on aurait pu l'espérer, mais tout de même...

— Mr Carnelian, je connais mon mari. Ce comportement ne lui ressemble pas, c'est le moins qu'on puisse dire. Vous lui avez fait subir une tension plus forte qu'il ne devrait être demandé à quiconque d'en tolérer. Je suis, moi aussi, en partie responsable...

— Pourquoi chuchotez-vous ainsi, Mrs Underwood ?

— Les voisins. » Elle secoua la tête. « Autant marcher un peu, je suppose. Ça donnera à Harold le temps de réfléchir. Ses réunions bibliques sont quelquefois plus épuisantes pour lui qu'on ne pourrait le croire. Il est très attaché à son œuvre. Il a derrière lui plusieurs générations de missionnaires. Le regret de sa vie est de ne pas avoir pu marcher sur les traces de son père. Sa santé, sans être réellement mauvaise, supporte mal les climats chauds. Il est ainsi depuis sa petite enfance, à ce que me dit sa mère. » Elle endigua le flux de ses paroles. « Mais je bavarde, j'en ai bien peur.

— Bavardez, bavardez, belle Mrs Underwood. » Jherek avançait à longues et légères enjambées. « Nous serons bientôt arrivés là où nous devons être tous les deux. Je me rappelle chaque mot de la lettre que Mr Griffiths m'a lue. La fin surtout : "... et il faut donc que je vous dise, Jherek, que je vous aime, que vous me manquez, que je ne vous oublierai jamais". Oh ! comme je suis heureux. Maintenant je sais ce que c'est que le bonheur.

— Mr Carnelian, j'ai écrit cette lettre en hâte. » Elle ajouta avec rancune : « Je vous croyais sur le point de mourir.

— Je n'arrive pas à comprendre pourquoi. »

Un profond soupir lui échappa et elle ne s'expliqua pas davantage.

Ils longèrent un certain nombre de rues très semblables à Collins Avenue (Jherek se demandait comment les gens arrivaient à se repérer pour trouver leurs logements individuels) et au bout d'un moment il s'aperçut qu'elle frissonnait. Lui-même avait remarqué que l'air se refroidissait nettement. Il ôta son manteau et le lui posa sur les épaules. Elle ne résista pas à ce geste.

« Merci, dit-elle. Si je n'étais pas une femme sensée, Mr Carnelian, je me considérerais peut-être en ce moment même comme irrémédiablement perdue. Toutefois je préfère me dire que Harold finira par comprendre son erreur et que nous pourrons nous réconcilier.

— Il va vivre avec Maude Emily, lui dit Jherek. Il l'a laissé entendre. Elle le consolera.

— Oh ! mon Dieu ! Oh ! mon Dieu ! »

Mrs Underwood secoua la tête. À la route avait succédé un chemin bordé, d'abord de palissades, puis de haies. Derrière on voyait des champs. Le ciel était dégagé et une lune pleine offrait de la lumière en abondance.

« J'ai l'impression que nous avons pris la mauvaise direction par rapport à la *Rose and Crown.*

— Pourquoi donc souhaitez-vous vous rendre dans un lieu public ?

— Un lieu *public ?*

— Pourquoi voulez-vous aller à la *Rose and Crown*, Mr Carnelian ?

— Mais pour voir Mr Wells, Mrs Underwood. Pour lui demander le nom d'un bon fabricant de machines à voyager dans le temps.

— Les machines à voyager dans le temps sont des choses qui n'existent pas à mon époque. Si cette personne dont vous me parlez vous a dit le contraire, c'est probablement qu'elle se moquait de vous.

— Oh ! non. Notre conversation était très sérieuse. Des gens que j'ai rencontrés dans votre monde, c'est le seul qui m'ait paru savoir exactement de quoi je parlais.

— Il voulait sans doute abonder dans votre sens. Où a eu lieu cette conversation ?

— Dans le train. Et quelle expérience merveilleuse que ce voyage. J'aurai une quantité de modifications à faire dès notre retour.

— Vous possédez donc un moyen de retourner à votre époque d'origine ?

— Heu, non, mais je ne prévois aucune difficulté, en réalité.

— Des difficultés, nous pourrions en avoir tous les deux si Maude Emily est partie, comme je l'en soupçonne, chercher un policeman. Si mon mari n'a pas eu le temps de se calmer, il informera ce dernier, à son arrivée, qu'un assassin en fuite et sa complice rôdent aux alentours de Bromley... et que l'homme est armé. Qu'est-ce que c'est que cet objet que vous agitiez tout à l'heure, au fait ?

— Le fusil-trompeur ? Vous aimeriez que je vous en fasse une démonstration ?

— Je ne crois pas. »

Au loin le silence de la nuit fut brutalement déchiré par un coup de sifflet aigu.

« La police ! souffla Mrs Underwood. C'est ce que je craignais. » Elle lui saisit le bras, mais retira sa main presque aussitôt. « S'ils vous trouvent, vous êtes perdu !

— Pourquoi donc ? Vous voulez parler de ces messieurs avec leur casque sur la tête qui m'ont aidé la dernière fois ? Ils auront accès à une machine à voyager dans le temps. C'est grâce à eux, somme toute, que j'ai pu regagner ma propre époque à la fin de mon séjour précédent. »

Sans l'écouter, elle lui fit franchir une barrière et passer dans un champ. L'odeur était délicieuse et il s'arrêta pour s'en remplir les poumons.

« Il est certain, déclara-t-il, que j'ai encore beaucoup à apprendre. Les odeurs, par exemple, manquent en général dans mes reproductions, et quand elles existent elles ne sont pas aussi subtiles qu'on pourrait le souhaiter. Si seulement il y avait un moyen d'enregistrer...

— Silence ! chuchota-t-elle d'un ton pressant. Regardez, ils arrivent de ce côté. » Elle montra du doigt la route. Plusieurs petites lumières dansantes venaient d'y apparaître. « Ce sont leurs lanternes. Tous les policiers de Bromley doivent être sur nos traces. »

Il y eut un nouveau coup de sifflet. Ils s'accroupirent derrière la haie, en écoutant le bruit mouillé des pneus de bicyclette sur le chemin de terre.

« Ils ont pris la direction de la gare, je parie, fit une grosse voix. Il faudrait qu'ils soient idiots pour être partis en pleine campagne. On est en train de perdre notre temps.

— Avec les fous on ne peut jamais être sûr de rien, dit une autre voix. J'étais avec ceux qui recherchaient l'assassin de Lewisham il y a trois ans. On l'a trouvé tranquille comme Baptiste dans une pension de famille à cinq rues à peine des lieux du crime. Il était là depuis quinze jours pendant que nous on battait la campagne du Kent nuit et jour sans rien attraper d'autre que des rhumes.

— Moi, je pense quand même qu'ils vont essayer de prendre le train. Ce type a dit qu'il était venu comme ça.

— On n'est pas tout à fait sûr que ça soit le même homme. D'ailleurs, il a dit que *deux* personnes, des amis visiblement, étaient descendus du train. Et l'autre, qu'est-ce qu'il est devenu ?

— Moi, je ne crois pas qu'il soit arrivé par le train.

— Et d'ailleurs, qu'est-ce qu'il fabrique à Bromley ? demanda plaintivement une troisième voix.

— Il est venu reprendre un peu de ce qui lui avait plu la première fois... vous savez comment certaines femmes sont... folles de ce genre de types. J'ai déjà vu ça : des bourgeoises tout ce qu'il y a de bien qui perdaient complètement la tête pour des beaux parleurs comme ce voyou-là. Si elle ne fait pas attention, ça sera elle la prochaine victime.

— C'est souvent comme ça que ça se passe », renchérit un autre.

Leurs voix s'éloignèrent. Mrs Underwood semblait avoir encore repris des couleurs.

« Vraiment ! dit-elle. Voilà donc ma réputation faite : je suis une femme qui s'affiche avec des criminels. Calomniez, calomniez, il en reste toujours quelque chose, comme on dit. Ah ! Mr Carnelian, vous ne comprendrez jamais le mal que vous avez fait, je le sais bien, mais je commence à regretter que le bon côté de ma nature m'ait poussée à l'Old Bailey pour y prendre votre défense ! À l'époque, déjà, il y a eu des ragots... mais à présent... eh bien, il va falloir que je pense à quitter le pays. Et ce pauvre Harold... pourquoi faudrait-il qu'il en souffre ?

— Quitter le pays ? Parfait. » Il se leva, brossa son pantalon pour en ôter la paille. « Maintenant, allons trouver Mr Wells.

— Mr Carnelian... c'est beaucoup trop dangereux. Vous avez entendu ces policemen. La gare est surveillée. Ils passent Bromley au peigne fin pour nous retrouver. »

Jherek n'y comprenait toujours rien.

« S'ils désirent nous parler, pourquoi ne pas aller à leur rencontre ? Quel mal peuvent-ils nous faire ?

— Énormément de mal, Mr Carnelian. Croyez-moi sur parole. »

Il haussa les épaules.

« Très bien, Mrs Underwood, je vous crois. Mais il reste la question de Mr Wells.

— Je vous assure également que votre Mr Wells ne peut être qu'un charlatan. Les machines à voyager dans le temps n'existent pas à notre époque.

— Il me semble qu'il a écrit un livre sur elles. »

La lumière vint. Elle fronça les sourcils.

« Il y a eu un livre, c'est vrai. J'en ai entendu parler l'année dernière. Une invention. Un roman. Ce n'était qu'un roman !

— Qu'est-ce que c'est qu'un roman ?

— Une histoire fabriquée de toutes pièces... à propos de choses qui ne sont pas réelles.

— Mais tout est *réel*, assurément !

— À propos de choses qui n'existent pas... »

Elle essayait désespérément de trouver les mots justes.

« Mais ça existe, les machines à voyager dans le temps. Vous le savez aussi bien que moi, Mrs Underwood !

— Ça n'existe pas encore, dit-elle. Pas en 1896.

— Mr Wells m'a laissé entendre le contraire. Qui dois-je croire ?

— Vous m'aimez ?

— Comment pourriez-vous en douter ?

— Alors, c'est moi que vous devez croire », dit-elle d'un ton ferme, sur quoi elle lui prit la main et lui fit traverser le champ.

Un peu plus tard, couchés dans un fossé à sec, ils regardaient les contours d'un bâtiment dont Mrs Underwood avait dit que c'était une ferme. Ils avaient vu passer une ou deux fois dans le lointain les lanternes des policemen, mais apparemment leurs poursuivants avaient fini par perdre leurs traces. Jherek n'était pas encore absolument convaincu que l'interprétation de Mrs Underwood était correcte.

— Je les ai distinctement entendus parler de gibier », déclara-t-il. Elle semblait fatiguée par toutes leurs courses et ses yeux se fermaient constamment tandis qu'elle essayait de trouver une position plus confortable dans le fossé. « De gibier, et pas de gens.

— Il faut nous assurer le concours d'un personnage influent, de quelqu'un qui s'intéressera à notre cas, qui pourra peut-être persuader les autorités que nous disons la vérité. » Elle avait très délibérément feint d'ignorer presque tous ses commentaires depuis leur départ de la maison. « Je me demande... ce Mr Wells est écrivain. Vous me disiez qu'il vous avait parlé du *Saturday Review* ? C'est un journal très respectable... ou du moins il l'était autrefois. Je n'en ai pas vu d'exemplaire depuis un certain temps. S'il pouvait publier quelque chose... ou s'il avait des amis juristes. Ce ne serait peut-être pas une mauvaise idée d'essayer de le voir, après tout. Si nous passons la nuit cachés dans cette grange et si nous partons de bonne heure demain matin, nous avons une chance de parvenir à le joindre après que la police aura conclu que nous avons réussi notre fuite. »

Elle se leva avec lassitude.

« Venez, Mr Carnelian. »

Et, d'un pas lourd, elle entreprit la traversée du champ en direction de la grange. Pour y arriver, il fallait passer tout près des bâtiments de la ferme et, tout à coup, plusieurs chiens se mirent à aboyer avec excitation. Une fenêtre s'ouvrit à l'étage, une lanterne jeta des feux, une voix de basse cria :

« Qui est-ce ? Qu'est-ce que c'est ?

— Bonne nuit à vous », cria Jherek. Mrs Underwood voulut lui couvrir la bouche de sa main, mais c'était trop tard. « Nous faisons une petite promenade, nous goûtons aux joies de vos campagnes. Je dois vous féliciter...

— Nom d'une pipe, c'est le fou ! expliqua l'homme invisible. C'est ce type en fuite dont on nous a parlé. Je vais chercher mon fusil !

— Oh ! c'est insupportable ! gémit Mrs Underwood. Et regardez ! »

On apercevait trois ou quatre lueurs dans le lointain.

« La police ?

— Sans aucun doute. »

À l'intérieur de la ferme on entendit un grand vacarme, des cris, des aboiements, et des lumières apparurent au rez-de-chaussée. Mrs Underwood attrapa Jherek par la manche et l'attira dans le premier bâtiment. Quelque chose reniflait et tapait du pied dans le noir.

« C'est un cheval ! fit Jherek. Je les adore et j'en ai vu tellement, à présent. »

Mrs Underwood parlait au cheval, lui caressait les naseaux, lui chuchotait à l'oreille. Il se calma.

De la ferme vint un coup de feu et l'homme à la voix de basse s'écria :

« Oh ! malheur ! J'ai tué le cochon !

— Nous avons une chance de nous échapper, dit Mrs Underwood, en jetant une couverture sur le dos du cheval. Passez-moi cette selle, Mr Carnelian, et dépêchez-vous. »

Il ignorait ce que c'était qu'une « selle », mais il devina que le mot désignait un étrange attirail de cuir et de cuivre suspendu au mur près de sa tête. C'était lourd. En s'y prenant de son mieux, il l'aida à le poser sur le dos du cheval. Avec compétence, elle resserra des courroies et passa un ruban de cuir autour de la tête de l'animal. Il la regardait faire avec admiration.

« Allons, siffla-t-elle, vite, montez.

— Croyez-vous vraiment que le moment soit bien choisi pour ce genre de choses ?

— Montez sur le cheval, et puis aidez-moi à en faire autant.

— Je n'ai pas la moindre idée de... »

Elle lui montra.

« Mettez votre pied là-dedans. Je vais maintenir l'animal immobile. Passez la jambe au-dessus de la selle, trouvez l'autre étrier... voilà... et attrapez les rênes. Nous n'avons pas le choix.

— Parfait. C'est très amusant, Mrs Underwood. Je suis heureux que vous retrouviez le sens du plaisir. »

Grimper sur le cheval était beaucoup plus difficile qu'il ne l'aurait pensé, mais en fin de compte, au moment même où un autre coup de feu claquait, il se retrouva à califourchon sur l'animal, les pieds dans les anneaux métalliques destinés à cet usage. Mrs Underwood, relevant ses jupes, réussit à s'installer dans la position idoine, en travers de la selle. Elle prit les rênes, dit « Tenez-moi bien ! » et bientôt le cheval, d'un trot rapide, quittait son box et sortait dans la cour.

« Nom de Dieu, ils ont pris le cheval ! » cria le fermier.

Il leva son fusil, mais ne trouva pas la force de tirer. Visiblement, il n'était pas prêt à risquer un cheval en plus d'un cochon dans le but d'épingler le dément.

Au même instant une demi-douzaine de policemen solidement bâtis franchirent la barrière en courant et s'efforcèrent tous à la fois d'attraper les rênes du cheval. Jherek riait de tout son cœur et Mrs Underwood tira d'un petit coup sec sur les rênes en criant :

« Vos talons, Mr Carnelian. Servez-vous de vos talons !

— Je suis désolé, Mrs Underwood, je ne vois pas du tout ce que vous voulez dire. »

Jherek riait au point d'en être complètement réduit à l'impuissance.

Effrayé par la frénésie des policemen, le cheval se cabra, hennit par deux fois, roula des yeux, sauta la barrière et partit au galop.

La dernière phrase que Jherek Carnelian entendit dans la bouche de ces représentants-là de la police fut celle-ci :

« Des choses pareilles à Bromley ! Qui aurait pensé qu'on verrait ça un jour ! »

Il y eut un troisième coup de fusil, mais il ne semblait pas les viser et Jherek se dit que le fermier et l'un des policemen avaient dû se cogner l'un à l'autre dans le noir.

Mrs Underwood lui cria :

« Mr Carnelian, il va falloir que vous essayiez de faire quelque chose. J'ai perdu tout contrôle ! »

Une main sur la selle et l'autre autour de sa taille, Jherek, secoué comme un prunier au point qu'il faillit perdre son assise précaire sur le dos de l'animal, eut un sourire heureux :

« Ah ! Mrs Underwood, je suis enchanté de l'apprendre. Enfin ! »

14

Une pénurie de machines à voyager dans le temps

Une aube fraîche éclairait Bromley. Quittant la *Rose and Crown* après s'être levé de bonne heure pour terminer ses affaires et repartir le plus rapidement possible, Mr Wells déboucha dans High Street de l'air d'un homme qui a, au cours de la nuit, lutté contre un démon et qui en a totalement triomphé. Il ne s'était résolu qu'à contrecœur à ce retour à Bromley, et cela pour deux raisons : d'abord parce que ces lieux représentaient dans son esprit tout ce qu'il pouvait y avoir de plus terne, de plus répressif et de plus abêtissant en Angleterre ; ensuite parce que l'affaire qui l'amenait là le gênait en ceci qu'il se présentait un peu en quémandeur, pour épargner à son père d'avoir à comparaître devant le tribunal du comté, en tirant au clair pour son compte une petite histoire d'argent qui semblait avoir, depuis plusieurs mois, échappé à son attention. C'était à cause de cela qu'il n'avait pu adopter vis-à-vis de Bromley une attitude aussi condescendante qu'il aurait pu le souhaiter : après tout, là étaient ses racines. Son père, du moins aux yeux des habitants de Bromley, était un raté, mais le fils, lui, était en voie de devenir un grand succès, avec cinq livres déjà publiés et plusieurs autres sur le point de l'être. Il aurait préféré que son retour fût entouré d'un peu de publicité — une brève interview dans le *Bromley Record*, peut-être, n'aurait pas été désagréable — et que son arrivée eût plus de panache, mais la nature des affaires qu'il venait traiter là rendait la chose impossible. Il espérait même que personne ne le reconnaîtrait et c'était la raison principale pour laquelle il quittait l'hôtellerie de si bonne heure. Ainsi que le motif de la satisfaction qui se lisait sur ses traits... il sentait que, par rapport à Bromley, il avait pris le dessus. Il n'avait plus rien à redouter de la ville. Les histoires de dettes mineures, les petits scandales ne pouvaient plus le plonger dans les abîmes d'anxiété qu'il avait connus autrefois. Il avait fui Bromley et maintenant, par son retour, il échappait aux fantômes qui l'avaient accompagné jadis dans sa fuite.

Mr Wells fit tournoyer sa canne. Il tortilla sa petite moustache (à laquelle il n'avait pas réussi à donner l'épaisseur désirée) et il émit un sifflement silencieux. Un grand sentiment de bien-être l'envahit et il porta un regard hautain sur Bromley : sur le fourgon du laitier que son cheval antique traînait à pas lents, sur le livreur de journaux qui pédalait d'une porte à l'autre, offrant sans doute aux ternes habitants de cette ville terne le récit monotone d'affaires municipales dépourvues d'intérêt, sur les rideaux de fer qui dissimulaient encore les vitrines bien connues, y compris celle d'Atlas House où son père et sa mère l'avaient élevé, par intermittence, et où sa mère avait fait de son mieux pour instiller en lui les principes de base qui réglaient le comportement de l'homme respectable.

Il sourit. Ces temps-ci, il se moquait de leur respectabilité comme d'une guigne. Il était un individu, qui faisait son chemin selon ses propres règles. Et combien elles étaient différentes des leurs ! Sa rencontre de la veille avec ce jeune et bizarre étranger l'avait ragaillardi, il s'en rendait compte à présent. En réfléchissant à leur conversation, il en avait conclu que ce garçon avait pris à la lettre *La Machine à voyager dans le temps*. Signe de succès assurément, s'il en était !

Les oiseaux chantaient, les bidons de lait cliquetaient, le ciel au-dessus des toits de Bromley était clair et bleu, il y avait dans l'air une odeur fraîche, une sensation de paix. Mr Wells se remplit les poumons.

Il expira lentement, curieux, alerté par un son nouveau, un son moins paisible, dans le lointain. Il marqua une pause, l'œil aux aguets, et eut la surprise de voir apparaître, tournant le coin de High Street, un gros cheval de labour, couvert de sueur, l'écume à la bouche, les yeux roulant dans leurs orbites, qui accourait au grand galop dans sa direction. Il s'arrêta tout à fait en constatant que le cheval transportait deux cavaliers, qui semblaient aussi mal assurés l'un que l'autre sur leur selle. Devant, une belle jeune femme en robe de velours marron, couverte de brins de paille, de boue et de feuilles, sa chevelure bouclée, blond vénitien, en désordre. Et derrière elle, une main autour de sa taille, l'autre tenant les rênes, en manches de chemise (son manteau semblait avoir glissé entre eux deux et flottait sur le flanc du cheval auquel il faisait comme une jambe supplémentaire), le jeune étranger, Mr Carnelian, qui poussait des hourras et des cris de joie, et ressemblait à un clerc de notaire en train de faire un tour de manège à la fête. Son chemin étant en partie bloqué par le fourgon du laitier, le cheval marqua un temps d'arrêt et Mr Carnelian aperçut Mr Wells. Il agita gaiement la main dans sa direction, vacilla en arrière et eut le plus grand mal à retrouver son équilibre.

« Mr Wells ! Nous espérions bien vous voir. »

La réponse de Mr Wells sonna un peu plate, même à ses propres oreilles :

« Eh bien, me voilà.

— Je me demandais si vous connaissiez quelqu'un qui pourrait me fabriquer une machine à voyager dans le temps ? »

Mr Wells fit de son mieux pour entrer dans l'esprit de la chose et, avec un petit rire, désigna du bout de sa canne la bicyclette que soutenait un jeune livreur de journaux bouche bée.

« Ce que vous trouverez de plus proche d'une machine à voyager dans le temps, c'est cet amas de ferraille-là, j'en ai bien peur ! »

Mr Carnelian prit note de la bicyclette et parut prêt à mettre pied à terre, mais le cheval repartit au galop, emportant la jeune femme qui criait

« Ouh ! Ouh ! » ou peut-être « Ho ! ho ! » et son cocavalier qui lança par-dessus son épaule :

« Je vous suis très obligé, Mr Wells ! Merci ! »

Sur quoi cinq policemen couverts de boue de la tête aux pieds, montés sur des bicyclettes tout aussi boueuses, apparurent au coin de la rue. Leur chef hurla, en montrant du doigt le couple qui disparaissait :

« Arrêtez-le ! C'est le tueur de Mayfair ! »

Mr Wells regarda en silence la patrouille passer, puis il traversa la route et rejoignit le jeune livreur de journaux, dont la mâchoire semblait sur le point de se détacher du reste de son visage. Il fouilla dans la poche de son gilet et en retira une pièce :

« Auriez-vous l'amabilité de me vendre un de vos journaux ? » s'enquit-il.

Il commençait à se demander si Bromley n'avait pas cessé d'être aussi terne qu'il l'était dans ses souvenirs.

Jherek Carnelian, l'air hébété, regardait la rame dériver loin de lui sur les eaux jonchées d'herbes de la rivière. Mrs Underwood dormait d'un sommeil agité à l'autre bout du bateau (qu'ils avaient réquisitionné après que le cheval, en essayant de sauter une barrière à une bonne dizaine de kilomètres de Bromley, les eut déposés sur le talus).

Jherek n'avait pas eu énormément de succès avec les rames, de toute manière, et il n'était pas mécontent de voir la dernière disparaître. Il s'adossa au flanc du bateau, un bras sur le gouvernail, et bâilla. Il faisait très chaud à présent et le soleil était haut dans le ciel. Jherek entendait le bourdonnement paresseux des abeilles dans l'herbe haute de la rive la plus proche et, de l'autre côté de l'eau, il apercevait des dames vêtues de blanc qui jouaient au croquet sur une pelouse verte et parfaite ; la musique de leur rire cristallin, le choc des maillets sur les boules parvenaient, étouffés, à ses oreilles. Ce monde était si *riche*, pensait-il, en cueillant sur la manche de sa veste, qui avait beaucoup souffert, deux petites feuilles qu'il inspecta avec soin. La texture, le détail le fascinaient et il s'interrogea sur la possibilité de les reproduire quand Mrs Underwood et lui seraient rentrés chez eux.

Mrs Underwood s'agita, se frotta les yeux.

« Ah ! dit-elle, je me sens un peu mieux grâce à ce petit somme. » Elle prit conscience de son environnement. « Oh ! mon Dieu, nous sommes à la dérive !

— J'ai perdu les rames, expliqua Jherek. Regardez... en voilà une. Mais le courant a l'air de suffire. Nous avançons. »

Elle ne fit aucun commentaire, ses lèvres esquissèrent simplement un sourire qu'on aurait pu qualifier de philosophique plutôt que de gai.

« Ces machines à voyager dans le temps sont beaucoup plus répandues que vous ne le pensiez, lui dit Jherek. J'en ai vu plusieurs depuis le bateau. Il y avait des gens qui se promenaient sur le sentier à côté de la rivière. Et ces policiers en avaient, eux aussi. Ils avaient probablement l'intention de nous suivre à travers le temps.

— Ce sont des bicyclettes, dit Mrs Underwood.

— Il est difficile de distinguer les unes des autres, je suppose. À moi, elles me paraissent très semblables. Pour vous, toutefois...

— Des bicyclettes, répéta-t-elle, mais sans véhémence.

— Eh bien, dit-il, tout cela prouve bien que vos craintes étaient sans fondements. Nous serons vite rentrés, vous le voyez.

— Pas en nous fiant à cette méthode, j'en suis sûre. Dans quelle direction allons-nous ? » Elle regarda tout autour d'elle. « En gros, nous nous dirigeons vers l'ouest, il me semble. Nous pourrions bien être déjà dans le Surrey. Bah, la police finira par nous retrouver. Je me suis faite à cette idée.

— Dans un monde où le temps semble avoir tellement d'importance, dit Jherek, songeant à voix haute, on pourrait s'attendre à trouver plus de machines destinées à le manipuler.

— Ici, c'est le temps qui nous manipule, Mr Carnelian.

— Ce qui est inévitable, d'après Morphail. Voyez-vous, la raison pour laquelle j'étais si pressé de vous retrouver, Mrs Underwood, c'est que tôt ou tard nous serons plongés dans l'avenir, mais à cette différence près que nous ne pourrons pas contrôler notre voyage... nous risquons d'atterrir n'importe où... nous risquons d'être à nouveau séparés.

— Je ne vous suis pas très bien, Mr Carnelian. »

Elle agitait la main dans l'eau, geste qui, dans son cas, était presque de l'abandon.

« Quand on a voyagé une fois dans l'avenir, on ne peut plus séjourner longtemps dans le passé, de peur qu'un paradoxe n'en résulte. Le temps éjecte donc de lui-même ceux dont la présence à certaines époques pourrait provoquer des troubles, une altération de l'histoire ou quelque chose de ce genre. Comment nous avons réussi à rester si longtemps dans cette période-ci, c'est ce que je ne m'explique pas. Peut-être n'avons-nous pas encore commencé à créer des paradoxes dangereux. Mais à mon avis, dès que nous l'aurons fait, nous serons expédiés.

— Vous voulez dire que nous n'aurons pas le choix ?

— Exactement. Il faut donc nous hâter de retourner à *mon* époque, où vous serez heureuse. Certes, si nous débarquions dans un avenir où les machines à voyager dans le temps seraient moins rares, nous pourrions faire le voyage de retour en plusieurs étapes, par sauts de puce pour ainsi dire, mais il y a entre 1896 et la fin des temps certaines époques peu accueillantes et nous pourrions très bien atterrir dans une de celles-là.

— Vous êtes en train d'essayer de me convaincre que je n'ai pas d'échappatoire ?

— C'est la vérité.

— Je ne vous ai jamais pris en flagrant délit de mensonge, Mr Carnelian. » Elle sourit comme tout à l'heure. « J'ai pourtant souvent espéré le contraire, et prié pour cela. Mais si j'étais restée à ma propre époque, sans rien dire de ce qui m'était arrivé, et en refusant de tenir compte dans mes actes de ce que je savais à propos de l'avenir, j'aurais pu rester ici à jamais.

— Oui, je suppose. Cela pourrait expliquer l'instinct qui pousse certains voyageurs du temps à parler aussi peu que possible de l'avenir et à ne jamais faire usage de leurs informations. J'ai entendu parler de ces gens et il n'est pas impossible que le temps les « autorise » à rester où ils le désirent. Mais, en fin de compte, rares sont ceux qui peuvent résister au désir de parler de leur aventure, ou d'utiliser les renseignements dont ils disposent. Il est vrai que nous ne pouvons évidemment pas savoir grand-chose de ceux qui se sont tus, n'est-ce pas ? Ce qui expliquerait les failles du théorème de Morphail.

— Donc... je ne dirai rien et je resterai en 1896, répliqua-t-elle. Harold a peut-être enfin repris ses sens et si je dis à la police que j'ai été enlevée par vous, j'ai quelques chances d'échapper à une inculpation pour complicité. En outre, si vous disparaissez, ils ne pourront plus jamais prouver que vous étiez le tueur de Mayfair, miraculeusement revenu à la vie. Il va quand même nous falloir de l'aide », ajouta-t-elle en fronçant les sourcils.

Il eut un raclement en dessous d'eux.

« Ah ah ! dit-elle. Nous avons de la chance. Le bateau s'est échoué. »

Ils débarquèrent sur un étroit chemin de sable. De là partait un talus en pente abrupte, couvert de fleurs jaunes, bleues, écarlates. Il y avait une barrière blanche en haut de ce talus.

Pendant que Mrs Underwood remettait de l'ordre dans ses cheveux, en se servant de la rivière comme d'un miroir, Jherek cueillit assez de fleurs pour en faire un gros bouquet. Sa quête d'un spécimen particulièrement beau le força à escalader le talus, ce qui lui permit de voir ce qu'il y avait de l'autre côté de la barrière.

Le talus redescendait en pente douce vers des champs très verts et curieusement plans ; on voyait de l'autre côté un groupe de bâtiments rouge brique, décorés de motifs rococo en pierre et fer forgé, que longeait un affluent de la rivière. Des machines étaient à l'œuvre dans quelques-uns des champs les plus éloignés. Elles se composaient d'un lourd cylindre central d'où partaient une dizaine de bras très longs. Jherek regarda les cylindres tourner et les bras, entraînés par leur mouvement, répartir des quantités égales de liquide sur les champs d'un vert éclatant. Il ne pouvait s'agir d'autre chose que de robots agricoles ; Jherek se rappelait vaguement en avoir entendu mentionner l'existence sur une bande magnétique en mauvais état trouvée dans l'une des cités pourries. Il se souvenait que ces robots étaient contemporains de l'époque des civilisations de multitudes, mais il en savait maintenant assez sur cette période-là pour se douter qu'ils représentaient encore une rareté. Il devait donc s'agir, pensa-t-il, d'une espèce de projet expérimental. Dans ce cas, les bâtiments qu'il voyait pouvaient parfaitement abriter un complexe scientifique et, par voie de conséquence, des gens capables de lui indiquer comment il devait s'y prendre pour se procurer une machine à voyager dans le temps.

Il était excité en dévalant le talus, mais il n'oublia pas pour autant ses priorités. Il s'arrêta pour arranger les fleurs et, quand elle se retourna vers lui, ayant achevé sa toilette, il lui présenta le bouquet.

« Un peu en retard, j'en ai peur, lui dit-il, mais les voilà quand même. Vos fleurs, Mrs Underwood. »

Elle hésita un instant et puis tendit la main pour les prendre.

« Merci, Mr Carnelian. »

Ses lèvres tremblaient.

Il scruta attentivement son visage.

« Vos yeux... dit-il... ils ont l'air mouillé. Vous vous êtes passé de l'eau sur la tête ? »

Elle se gratta la gorge et toucha du bout des doigts d'abord l'un de ses yeux, puis l'autre.

« Oui, je suppose.

— Je crois que nous sommes un peu plus près de notre but, lui dit-il en montrant le talus du doigt. Nous devrions nous retrouver très bientôt à mon époque et vous pourrez y reprendre mon "éducation morale" là où vous l'avez laissée quand on vous a arrachée à mes bras. »

Elle secoua la tête et son sourire parut se réchauffer un peu.

« Je me demande parfois si vous êtes *délibérément* naïf, Mr Carnelian. Je vous l'ai déjà dit : mon devoir est de retourner auprès de Harold et de lui rendre sa tranquillité d'esprit. Pensez à lui ! Il n'a pas... le tempérament souple. Il doit souffrir mille tourments.

— Eh bien, si vous désirez y retourner, nous irons tous les deux. Je lui expliquerai plus en détail...

— Ça ne servirait à rien. Il faut trouver un moyen d'assurer votre sécurité, après quoi je le rejoindrai seule.

— Et ensuite, vous viendrez me retrouver ?

— Non, Mr Carnelian.

— Malgré votre amour pour moi ?

— Oui, Mr Carnelian. Et, je le répète, je ne vous ai pas confirmé ce que je vous ai dit alors que je n'étais pas en possession de tous mes sens. Et puis, Mr Carnelian, à supposer que je vous aime ? J'ai vu votre monde... vos contemporains jouent à la vie réelle... vos émotions sont des émotions d'acteurs... sincères dans l'instant où elles sont exposées sur scène devant le public. Sachant cela, quels seraient mes sentiments si je vous aimais en effet ? J'aurais conscience du fait que votre amour pour moi n'est qu'une imposture sentimentale, maintenue en vie avec une certaine ténacité, je vous l'accorde, mais une imposture quand même.

— Oh ! non, non, non ! » Ses grands yeux s'embuèrent. « Comment pourriez-vous penser une chose pareille ? »

Ils restèrent silencieux, au bord de la rivière tranquille. Mrs Underwood avait les yeux baissés sur ses fleurs ; ses mains délicates caressaient les pétales ; son souffle s'était précipité. Il fit un pas dans sa direction, puis s'arrêta. Il réfléchit un instant avant de parler.

« Mrs Underwood ?

— Oui, Mr Carnelian ?

— Qu'est-ce qu'une imposture ? »

De surprise, elle leva les yeux, puis éclata de rire.

« Oh ! mon Dieu, Mr Carnelian ! Oh ! mon Dieu ! Qu'est-ce que nous allons bien pouvoir faire ? »

Il lui prit la main et elle ne lui opposa pas de résistance. Il l'entraîna vers le talus.

« Allons trouver les gens qui vivent dans les laboratoires que je viens de découvrir. Ils nous aideront.

— Des laboratoires ? Comment le savez-vous ?

— À cause des robots agricoles. Il n'y en a pas beaucoup en 1896, n'est-ce pas ?

— Et même pas du tout, à ma connaissance !

— Alors je ne me trompe pas. Cet établissement est de nature expérimentale. Nous y trouverons des savants. Et ces savants non seulement comprendront ce que j'ai à leur dire mais seront trop heureux de pouvoir m'aider !

— Je ne suis pas du tout certaine, Mr Carnelian... Oh ! » Elle avait atteint la barrière et regardait le paysage en contrebas. Elle rougit, et puis se mit à rire. « Oh ! Mr Carnelian, j'ai bien peur que vos espoirs ne soient injustifiés. Je me demandais d'où venait cette odeur...

— Cette odeur ? Elle est inhabituelle ?

— Un peu. Oh ! mon Dieu...

— Ce n'est pas une ferme expérimentale, Mrs Underwood ? »

Pour la première fois son optimisme menaça de l'abandonner.

« Non, Mr Carnelian. C'est ce que nous appelons des "champs d'épandage". »

Appuyée à la barrière, elle riait tant que les larmes lui coulaient sur les joues.

« Qu'est-ce que c'est que l'"épandage" ? demanda-t-il.

— Un terme difficile à expliquer pour une dame, j'en ai peur ! »

Il s'assit par terre, à ses pieds. Il se prit la tête dans les mains et sentit planer l'ombre du désespoir.

« Alors comment ferons-nous pour trouver une machine à voyager dans le temps ? dit-il. Même une vieille, même cette machine cassée que j'ai laissée ici la dernière fois que je suis venu... ce serait au moins *quelque chose.* Ah ! Mrs Underwood, je crois que je n'ai pas préparé cette aventure aussi bien que j'aurais pu le faire.

— C'est peut-être pour cela que je commence à y prendre plaisir, dit-elle. Courage, Mr Carnelian. Mon père me le disait toujours, il n'y a rien de tel qu'un bon problème, massif, apparemment insoluble dans lequel planter les dents pour nous ôter de la tête les petites angoisses stupides qui nous assaillent. Et ce problème-ci est de taille... il rejette sans aucun doute dans l'ombre tous ceux que j'ai pu avoir jusqu'ici ! Je dois avouer que je commençais à m'apitoyer sur moi-même, ce qui est la dernière chose à faire. Mais j'ai passé ce stade à présent.

— J'ai l'impression que je commence tout juste à découvrir ce sentiment-là, dit Jherek d'un ton convaincu. Est-ce qu'il ne s'y mêle pas la croyance en un être anthropomorphe et malveillant qu'on appelle Destin ?

— Je crains bien que si, Mr Carnelian. »

Il se leva lentement. Elle l'aida à passer son manteau. L'idée qui lui vint alors le rasséréna :

« Cela servira peut-être à faire progresser mon “éducation morale” ? Croyez-vous que ce soit possible, Mrs Underwood ? »

Ils gravirent le talus et se retrouvèrent sur le chemin de sable.

Cette fois elle lui prit la main.

« Ce serait plutôt un effet secondaire. Mais je ne devrais pas sombrer dans le cynisme, je le sais. Mr Underwood me l'a souvent dit, rien n'est plus désagréable aux yeux du Seigneur qu'une femme cynique. Et il y en a beaucoup, je le crains, en ces temps modernes, si attachés aux choses de ce monde et si troublants. Venez, voyons où ce chemin nous mène.

— Pas à Bromley, j'espère », murmura-t-il.

15

Entraînés vers la métropole

Le petit homme aux cheveux paille dévissa l'objet d'ébène et de verre qu'il avait porté à son œil droit et se suça assez bruyamment les dents.

« Bizarre, dit-il. C'est un degré au-dessus de la camelote habituelle, ça je dois l'admettre. Mais ça n'a pas plus de rapports avec un vrai rubis que ceux qu'on peut trouver pour un shilling sur le marché. La monture n'est pas mal, par contre. Je n'arrive pas à reconnaître le métal. Alors, combien voulez-vous emprunter là-dessus ? »

Il tenait l'anneau énergétique de Jherek dans la paume de sa main.

Mrs Underwood, debout devant le comptoir à côté de Jherek, demanda avec nervosité :

« Un souverain ?

— Je me demande. » Il l'examina de nouveau. « C'est une curiosité. Et puis c'est du beau travail, d'accord... Mais qu'est-ce que je risque ? Quinze shillings ?

— Très bien », dit Mrs Underwood.

Elle accepta l'argent pour le compte de Jherek. Il était hébété par ces négociations, auxquelles il ne comprenait rien. Il se moquait bien de perdre un anneau énergétique, car il pourrait facilement s'en procurer un autre à son retour et ils ne servaient à rien ici, mais il n'arrivait pas à saisir pourquoi Mrs Underwood le donnait à cet homme et pourquoi l'homme lui donnait quelque chose en échange. Elle accepta un ticket qu'elle lui glissa dans la poche de sa veste.

Ils quittèrent la boutique et débouchèrent dans une rue animée.

« Par bonheur, c'est jour de marché et on ne nous remarquera pas trop, dit Mrs Underwood. Il y aura aussi des bohémiens et des gens comme ça. » La chaussée étroite était encombrée de charrettes et de carrioles, une ou deux automobiles ajoutaient à la confusion en dégageant d'épaisses fumées qui donnaient lieu à des quintes de toux exagérées et à de vives récriminations de la part de ceux qui allaient à pied. « Nous mangerons quelque chose au buffet de la gare, en attendant le train. Une fois à Londres, nous irons tout droit au *Café Royal*, dans l'espoir que l'un de vos amis s'y trouvera. C'est notre seule chance. » Elle marchait aussi vite que possible sur le trottoir en pente de la rue en lacet, qui se changea en ruelle barrée par deux poteaux ; à la ruelle succéda une volée de marches de pierre. Ils les gravirent et se retrouvèrent sur une route beaucoup plus calme. « Je crois que la gare est par là, dit-elle. C'est un coup de chance que nous soyons si près d'Orpington. »

Ils approchaient d'un bâtiment vert et rouge. C'était bien la gare et Mrs Underwood marcha droit sur le guichet où elle acheta deux billets de seconde classe pour Orpington.

« Nous avons vingt minutes d'attente, dit-elle, après avoir jeté un coup d'œil à la pendule fixée au-dessus du guichet, ce qui nous laisse tout le temps de nous restaurer. Et, ajouta-t-elle dans un murmure, la police n'est pas visible. Il semble que pour l'instant nous ayons réussi notre évasion. »

C'était la première rencontre de Jherek avec le sandwich au fromage. Il trouva l'expérience assez éprouvante mais s'efforça d'en retirer le maximum en se disant qu'après tout il n'aurait peut-être jamais l'occasion de la revivre. Il savoura le thé, auquel il trouva un goût plutôt meilleur qu'à celui qu'il avait bu chez Mrs Underwood, et quand, enfin, le train entra en gare à toute vapeur, il s'écria, enchanté :

« C'est exactement comme la petite locomotive que j'ai chez moi ! »

Mrs Underwood parut gênée. Dans le salon de thé, des gens regardaient Jherek et chuchotaient entre eux. Mais il s'en apercevait à peine. Avec enthousiasme il fit franchir les portes à Mrs Underwood et la traîna sur le quai.

« *Orpington !* » cria un homme maigre en uniforme sombre. « *Orpington !* »

Jherek attendit avec impatience que les passagers aient quitté leur voiture pour y grimper à son tour, avec force sourires et hochements de tête à l'adresse de ceux qui étaient déjà assis.

« Est-ce que ça n'est pas merveilleux ? dit-il en prenant place à côté d'elle. Les anciennes méthodes de transport ont toujours été l'une de mes grandes passions... comme vous le savez.

— Je vous en prie, essayez d'en dire le moins possible », implora-t-elle dans un murmure.

Elle l'avait déjà averti que les journaux auraient publié des comptes rendus sur leurs aventures de la veille. Il lui présenta ses excuses et s'adossa à son siège, mais sans pouvoir s'empêcher d'observer avec excitation le paysage qui défilait derrière les vitres.

Mrs Underwood semblait particulièrement perturbée quand ils arrivèrent à Charing Cross. Avant de descendre de voiture, elle se pencha par la vitre ouverte et attendit que tous les autres passagers soient partis pour dire à Jherek :

« Je ne vois nulle part de policiers qui auraient l'air de nous guetter. Mais il faut nous dépêcher. »

Ils se joignirent à la foule qui se dirigeait vers les barrières à l'autre bout du quai et même là Jherek se rendit compte que leur allure différait assez de celle des autres. La robe de Mrs Underwood était couverte de boue, froissée et déchirée par-ci par-là ; en outre, elle était tête nue, alors que toutes les autres dames avaient des chapeaux, des voiles, des ombrelles et des manteaux. La veste noire de Jherek était aussi sale et mal en point que la robe de Mrs Underwood et la jambe gauche de son pantalon s'ornait d'un gros trou à l'emplacement du genou. En arrivant à la barrière où ils tendirent leurs billets au préposé, ils s'attirèrent des commentaires et des coups d'œil désobligeants. Ce fut Jherek qui vit le policeman s'avancer d'un pas majestueux dans leur direction, les mains derrière le dos, la langue caressant pensivement sa lèvre inférieure.

« Fuyez, Mrs Underwood ! » cria-t-il d'un ton pressant.

Il était trop tard pour s'en tirer au toupet car le policeman dit alors « Mais *c'est* eux ! » et entreprit d'extirper un sifflet de sa poche.

Ils se précipitèrent vers la sortie, heurtant au passage, d'abord une très grosse dame qui portait un panier et guidait de l'autre main un très petit chien noir et blanc attaché à une ficelle, laquelle dame cria, mais un peu tard « Attention ! », puis deux vieilles filles qui se mirent à caqueter comme des poules effrayées et dirent beaucoup de choses sur le comportement de la jeune génération ; enfin, un corpulent courtier en bourse affublé d'un chapeau exagérément lisse et haut, qui grommela « Dieu me bénisse ! » et s'assit sur un éventaire de fruits, de sorte que celui-ci s'effondra et que les pommes, les pamplemousses, les oranges et les ananas se mirent à rouler dans toutes les directions, obligeant le policeman à abandonner son sifflet pour éviter un véritable Niagara de poires qu'il s'efforçait d'esquiver tout en criant :

« Arrêtez ! Au nom de la loi, arrêtez-vous ! »

Une fois sortis de la gare, ils se retrouvèrent sur le Strand et Jherek aperçut alors un objet appuyé à un mur au coin de Villiers Street.

« Regardez ! Mrs Underwood... nous sommes sauvés. Une machine à voyager dans le temps !

— Ceci, Mr Carnelian, est une bicyclette, un tandem. »

Il avait déjà la main dessus et s'efforçait de se mettre en selle comme il l'avait vu faire à d'autres.

« Vous feriez mieux d'appeler un fiacre, dit-elle.

— Montez à bord, vite. Est-ce que vous voyez les contrôles ? »

Avec un soupir elle prit la place qui restait, celle de devant.

« Nous ferions mieux de prendre la direction de Regent Street. Ce n'est pas loin, heureusement. De l'autre côté de Piccadilly. Au moins, ceci vous prouvera, une fois pour toutes... »

Ce qu'elle avait à dire fut étouffé par le vacarme de la circulation au milieu de laquelle ils s'élancèrent à corps perdu, naviguant entre les trams et les omnibus, entre les chevaux et les automobiles, provoquant chez les uns et chez les autres des arrêts brutaux au beau milieu de la route, accompagnés de frissons et de frémissements.

Jherek, qui pensait voir la scène disparaître à tout moment, ne prêtait guère attention au désordre qu'il provoquait. Il avait énormément de mal à maintenir son équilibre sur la machine à voyager dans le temps.

« Ça ne va pas tarder ! cria-t-il à l'oreille de Mrs Underwood. Ça ne *peut* pas tarder ! »

Et il pédala de plus belle. Tout ce qui en résulta, ce fut que la machine dérapa sur le trottoir, traversa Trafalgar Square comme un boulet de canon, remonta Haymarket à une vitesse considérable et déboucha dans Leicester Square presque avant qu'ils aient eu le temps de s'en rendre compte. Là, Jherek tomba du tandem, pour le plus grand divertissement d'une foule de garnements qui traînaient devant les portes de l'Empire, le grand théâtre de variétés.

« Ça n'a pas l'air de marcher », dit-il.

Mrs Underwood l'informa qu'elle l'en avait averti à l'avance. L'ourlet de sa robe, qui s'était pris dans la chaîne, montrait à présent une grande déchirure. Mais, pour l'instant, ils n'avaient apparemment pas la police à leurs trousses.

« Vite, dit-elle, et prions le ciel qu'il y ait au *Café Royal* une personne de votre connaissance ! »

Des têtes se retournèrent pour les regarder traverser en courant Piccadilly Circus. Ils arrivèrent enfin devant les portes du *Café Royal* auquel Jherek avait rendu visite moins de vingt-quatre heures auparavant. Mrs Underwood pesa de toutes ses forces sur les battants, mais sans pouvoir les ébranler.

« Oh ! seigneur ! s'écria-t-elle avec désespoir. C'est fermé !

— Fermé ? » fit Jherek.

Il appuya son visage contre la vitre. Il voyait des gens à l'intérieur. Il leur fit signe, mais ils secouèrent les mains de droite à gauche en désignant du doigt la pendule.

« Fermé, soupira Mrs Underwood. Elle eut un drôle de petit rire sans joie. Eh bien, voilà ! Nous sommes perdus.

— Hé ! » cria quelqu'un.

Ils se retournèrent, prêts à s'enfuir, mais ce n'était pas la police. Dans le grand flux de circulation qui convergeait sur Piccadilly Circus ils distinguèrent un fiacre, conduit par un cocher au visage impassible, assis très haut à l'arrière du véhicule.

« Hé ! fit une voix de l'intérieur.

— Mr Harris ! s'écria Jherek, en reconnaissant les traits. Nous espérions vous trouver au *Café Royal.*

— Montez ! siffla Harris. Vite. Tous les deux. »

Mrs Underwood ne perdit pas de temps pour accepter cette offre et ils se retrouvèrent bientôt tous les trois quelque peu à l'étroit dans le fiacre qui fit au petit trot le tour du Circus et repartit vers Leicester Square.

« C'est bien vous, le jeune homme que j'ai vu hier, fit Harris, triomphant. Je m'en doutais. Quelle veine.

— Pour nous, oui, Mr Harris, dit Mrs Underwood, mais pas pour vous si l'on découvre le rôle que vous jouez dans cette histoire.

— Oh ! je me suis tiré au bluff de bien des situations pires que celle-ci, répondit-il avec un rire désinvolte. Et puis avant tout je suis journaliste et on nous laisse, à nous chasseurs de nouvelles, un peu de mou dans notre recherche d'histoires vraiment croustillantes. Ce n'est pas par pur altruisme que je vous aide, vous savez. J'ai lu les journaux aujourd'hui. Ils racontent que vous êtes le tueur de Mayfair ressuscité d'entre les morts pour retrouver votre... heu ! bien-aimée. » Les yeux de Mr Harris brillaient. « Quelle est votre version ? Il est certain que vous ressemblez d'une façon frappante au tueur. J'ai vu un dessin dans un journal à l'époque du procès. Et vous, jeune dame, vous avez été le témoin de la défense, n'est-ce pas ? »

Elle regarda Mr Harris avec quelque soupçon. Jherek avait l'impression qu'elle n'appréciait pas outre mesure la façon de parler directe et rapide du rédacteur en chef du *Saturday Review*.

Harris vit qu'elle hésitait et leva la main.

« N'en dites pas davantage à ce stade ! Après tout, quelle raison avez-vous de me faire confiance ? » Il ouvrit du bout de sa canne une trappe dans la capote du fiacre. « J'ai changé d'avis, cocher. Conduisez-nous à Bloomsbury Square. » Il laissa retomber la toile et, se tournant vers eux, leur dit : « J'ai un appartement où vous serez en sécurité pour un certain temps.

— Pourquoi nous aidez-vous, Mr Harris ?

— En premier lieu, je veux votre déclaration exclusive sur cette histoire, Madame. Et puis il y a dans le procès de Mayfair des choses qui ne m'ont jamais paru très claires. Je suis curieux de savoir ce que vous pourrez m'en dire.

— Vous seriez en mesure de nous aider dans nos rapports avec la justice ? »

L'espoir l'emportait à présent sur la prudence.

« J'ai beaucoup d'amis dans la Justice, déclara Mr Harris, en se frottant le menton avec le pommeau de sa canne. Je suis sur un pied d'intimité avec plusieurs juges de la Haute Cour, avec des conseillers de la reine et toutes sortes d'avocats éminents. Je crois qu'on peut me reconnaître une certaine influence, Madame.

— Alors nous pouvons encore être sauvés », dit Mrs Underwood.

16

Le mystérieux Mr Jackson

Après avoir installé Mrs Underwood et Jherek Carnelian dans son appartement de Bloomsbury, Mr Harris s'en alla, en leur disant qu'il reviendrait aussitôt que possible et en leur recommandant de prendre leurs aises. Les lieux, que Jherek, quant à lui, trouvait très plaisants, ne semblaient pas rencontrer l'approbation pleine et entière de Mrs Underwood. Les murs s'ornaient de nombreux portraits représentant de jeunes personnes très séduisantes, il y avait d'épais rideaux de velours aux fenêtres et des tapis épais sur les parquets, ainsi qu'une quantité de figurines en porcelaine et de bibelots d'ambre ou de jade. En parcourant les livres, Jherek découvrit des dessins extrêmement élégants, d'un style qu'il n'avait pas encore eu l'occasion de rencontrer auparavant, et il les montra à Mrs Underwood, dans l'espoir de l'égayer, mais elle referma les albums d'un coup sec, en refusant d'expliquer pourquoi elle ne voulait pas regarder les images. Il en fut déçu, car il avait espéré qu'elle l'aiderait à passer le temps en lui faisant la lecture. Il trouva d'autres livres, aux couvertures de papier jaune, qui ne comportaient pas d'images, et lui en tendit un.

« Vous pourriez peut-être me lire celui-ci ? »

Elle y jeta un coup d'œil et renifla.

« C'est un livre *français*, dit-elle.

— Ça ne vous plaît pas non plus ?

— C'est français. » Elle contempla la chambre, le lit blanc couvert de tissus luxueux. « On respire dans ces lieux une horrible odeur *fin de siècle*. Bien que Mr Harris nous soit venu en aide, rien ne m'oblige à approuver sa moralité. Je n'ai aucun doute sur les raisons pour lesquelles il loue cet appartement.

— Les raisons ? Vous croyez qu'il n'y vit pas ?

— S'il y vit ? Je dirais même qu'il y fait la vie. Mais ce n'est pas à cette adresse, j'en jurerais, qu'il reçoit ses respectables amis. » Elle se dirigea vers une fenêtre et l'ouvrit toute grande. « S'il en a, ajouta-t-elle. Je me demande pendant combien de temps nous allons devoir rester ici.

— Jusqu'à ce que Mr Harris ait pu parler aux gens qu'il connaît et qu'il ait transcrit notre histoire, dit Jherek, répétant ce que le journaliste lui avait dit. On se sent tout à fait en sécurité dans cet appartement, Mrs Underwood. Vous n'êtes pas de cet avis ?

— Il a été conçu pour échapper au regard du commun des mortels », dit-elle, et elle renifla de nouveau. Puis elle surprit son propre reflet dans l'une des grandes glaces au cadre doré et s'efforça, comme elle l'avait déjà fait, d'arranger ses cheveux.

Jherek entra dans la pièce.

« Vous n'êtes pas fatiguée ? Nous pourrions nous allonger. Nous pourrions dormir.

— En effet, répliqua-t-elle d'un ton sec. J'ai d'ailleurs l'impression qu'ici, en règle générale, on est plus souvent couchés que debout. Partout l'Art nouveau ! Des plumets rouges et de l'encens. C'est ici que Mr Harris reçoit ses actrices.

— Oh ! » fit Jherek, qui avait renoncé à essayer de la comprendre. Il acceptait néanmoins l'idée qu'il y eût quelque chose de mal dans cet appartement. Il regrettait que Mrs Underwood n'ait pas pu achever son éducation morale ; s'il en avait été autrement, il aurait pu lui aussi, il le sentait, se régaler de reniflements et de pincements des lèvres, car il était évident que ces activités lui donnaient bien un *certain* plaisir : elle avait les joues rouges, une lumière dans les yeux. « Des actrices ?

— Ou supposées telles.

— Apparemment il n'y a pas grand-chose à manger ici, lui dit-il, mais je vois un grand nombre de bouteilles. Vous aimeriez boire quelque chose ?

— Non merci, Mr Carnelian. À moins qu'il n'y ait de l'eau minérale.

— Vous feriez mieux de regarder vous-même, Mrs Underwood. Je ne sais pas distinguer les unes des autres. »

Après un temps d'hésitation, elle entra dans la chambre et passa en revue l'imposant assortiment de bouteilles disposées sur une desserte contre le mur.

« Mr Harris semble éprouver de la répugnance pour la bière d'Adam », dit-elle. Elle leva la tête en entendant frapper à la porte du palier. « Qui est-ce donc ?

— Mr Harris qui serait revenu plus tôt que prévu ?

— Peut-être. Ouvrez la porte, Mr Carnelian, mais méfiez-vous. Je n'ai pas une confiance absolue en votre ami journaliste. »

Jherek dut se battre avec la serrure et des coups légers retentirent avant qu'il ait eu le temps d'ouvrir la porte. En voyant qui était là, il sourit de soulagement et de plaisir.

« Oh ! Jagged, mon cher Jagged ! Enfin ! C'est vous ! »

L'homme de belle allure qui se tenait sur le seuil ôta son chapeau.

« Mon nom, dit-il, est Jackson. Je crois avoir passé quelques instants avec vous hier soir au *Café Royal*. Vous êtes bien Mr Carnelian ?

— Entrez, tortueux Jagged ! »

Avec un léger salut à l'adresse de Mrs Underwood, qui se tenait à présent au centre du salon, Lord Jagged des Canaries entra dans la pièce.

« Vous devez être Mrs Underwood ? Je m'appelle Jackson. Je travaille pour le *Saturday Review*. Mr Harris m'a envoyé prendre quelques notes à l'avance. Il nous rejoindra plus tard.

— Vous êtes le juge ! s'écria-t-elle. Vous êtes Lord Jagged, qui a condamné Mr Carnelian à mort. »

L'homme qui prétendait être Mr Jackson haussa les sourcils tout en ôtant, d'un geste délicat, son pardessus qu'il posa sur la table avec son chapeau, ses gants et sa canne.

« Mr Harris m'avait prévenue que vous seriez encore un peu agitée. C'est compréhensible, Madame, étant donné les circonstances. Je vous assure que je ne suis ni l'un ni l'autre des deux personnages que vous venez d'évoquer. Je ne suis que Jackson... un journaliste. Mon rôle est de vous poser quelques questions. Mr Harris vous envoie ses respects et me charge de vous dire qu'il fait tout ce qui est en son pouvoir pour contacter une personne haut placée — dont le nom doit rester secret pour l'instant — dans l'espoir qu'elle puisse vous être de quelque secours.

— Vous ressemblez extraordinairement au Lord Chief Justice, déclara-t-elle.

— On le prétend. Mais je ne suis ni aussi éminent ni aussi doué que ce gentleman, je regrette de le dire. »

Jherek riait.

« Écoutez-le ! Il est parfait, non ?

— Mr Carnelian, dit-elle, je crois bien que vous vous trompez. Vous allez gêner Mr Jackson.

— Non, non ! » Mr Jackson repoussa cette suggestion d'un geste de sa main svelte. « Nous sommes des types coriaces, nous, journalistes, vous savez. »

Jherek haussa les épaules.

« Si vous n'êtes pas Jagger — et si Jagger n'était pas Jagged — alors je dois en déduire qu'il existe plusieurs Jagged, jouant chacun un rôle différent, peut-être d'un bout à l'autre de l'histoire... »

Mr Jackson sourit et tira de sa poche un carnet et un crayon.

« Excellent pour moi, dit-il. Voilà un rival pour notre ami Mr Wells, on dirait, n'est-ce pas, Mrs Underwood ?

— Mr Wells n'est pas mon ami, répondit-elle.

— Mais vous le connaissez, vous, Mr Jackson ? demanda Jherek.

— À peine. Nous avons eu autrefois une ou deux conversations. Par contre, j'ai lu plusieurs de ses livres. Si votre histoire est à la hauteur de la *Merveilleuse Visite* et peut être présentée de la manière qui convient, notre tirage est assuré ! » Il s'installa confortablement dans un fauteuil profond. Jherek et Mrs Underwood s'assirent devant lui, au bord du divan. « Donc, d'après ce que j'ai cru comprendre, vous prétendez être le tueur de Mayfair ressuscité d'entre les morts...

— Pas du tout ! s'écria Mrs Underwood. Mr Carnelian serait bien incapable de tuer qui que ce soit.

— Alors injustement accusé ? De retour sur cette terre pour venger sa mémoire ? Oh ! c'est admirable !

— Je ne suis pas mort, dit Jherek. Du moins pas récemment. Et quant au reste, je n'y comprends rien.

— Vous êtes sur la mauvaise piste, je le crains, Mr Jackson, dit Mrs Underwood d'une petite voix nette.

— Mais alors où étiez-vous, Mr Carnelian ?

— Dans mon propre siècle — le même que celui de Jagged —, dans le lointain avenir, bien entendu. Je suis un voyageur du temps, comme Mrs Underwood. » Il lui effleura la main, mais elle la retira très vite. « C'est comme cela que nous nous sommes rencontrés.

— Vous croyez sincèrement avoir voyagé dans le temps, Mr Carnelian ?

— Bien sûr. Oh ! Jagged, est-ce vraiment indispensable, tout ceci ? Ce jeu-là, vous l'avez déjà joué. »

Mr Jackson reporta son attention sur Mrs Underwood.

« Et vous prétendez avoir visité l'avenir ? C'est là que vous auriez fait la connaissance de Mr Carnelian ? Que vous en seriez tombée amoureuse ?

— Mr Carnelian a été bon pour moi. J'étais captive et il m'a rendu la liberté.

— Ah ah ! Et vous avez pu en faire de même pour lui ici ?

— Non. Je ne comprends toujours pas comment il a pu échapper à la mort sur l'échafaud, mais il est vrai qu'il y a échappé — qu'il est retourné à sa propre époque — et qu'il en est revenu. N'était-ce réellement qu'hier soir ? À Bromley.

— Et votre mari a appelé la police ?

— La police a dû être alertée, oui. Mon mari était hyper-excité. À propos, savez-vous quel est son état d'esprit, maintenant ?

— Tout ce que je sais, je le sais par les journaux. Il passe, dans les feuilles à sensation, pour vous accuser de mener une double vie : d'être, le jour une ménagère respectable et craignant Dieu, la nuit la complice d'une bande de voleurs, une "Charlie Peace femelle", c'est ainsi, me semble-t-il, qu'on vous désignait aujourd'hui dans la *Police Gazette*.

— Oh ! non, alors je suis perdue de réputation. »

Mr Jackson inspecta le poignet de sa chemise.

« Il en faudrait beaucoup, apparemment, pour la rétablir, Mrs Underwood. Vous savez combien l'odeur du scandale a tendance à persister, bien après que le scandale lui-même se soit révélé sans fondement. »

Elle redressa les épaules.

« Mon devoir reste clair : essayer de convaincre Harold que je ne suis pas la femme perdue pour laquelle il me prend à présent. Il aura beaucoup de peine s'il croit que je l'ai trompé pendant si longtemps. Je puis encore le rassurer sur ce point.

— Sûrement, sûrement... murmura Mr Jackson, dont le crayon courait à toute vitesse sur la page de son carnet. Et maintenant, pourriez-vous me donner une description de l'avenir ? » Il se retourna vers Jherek. « C'est une Utopie anarchiste, peut-être ? Vous êtes anarchiste, Monsieur, n'est-ce pas ?

— Je ne sais pas ce que c'est, répondit Jherek.

— Bien sûr que non, il n'est pas anarchiste ! s'écria Mrs Underwood. Que, de ses actes, une certaine anarchie ait pu résulter...

— Alors, ce serait une Utopie socialiste ?

— Je crois comprendre où vous voulez en venir, Mr Jackson, dit Mrs Underwood. Vous prenez

Mr Carnelian pour une espèce d'assassin politique dément, qui prétendrait débarquer d'un avenir idéal dans l'espoir de répandre son message...

— Eh bien, je me demandais, en effet...

— Cette idée vient de vous ?

— Mr Harris a suggéré...

— Je m'en doutais. Il n'a pas cru un mot de notre histoire !

— Il l'a trouvée un peu haute en couleur, Mrs Underwood. Est-ce que vous n'auriez pas la même impression si vous l'entendiez, par exemple, de mes lèvres à moi ?

— Moi pas, fit Jherek avec un sourire. Parce que je sais qui vous êtes.

— Tenez-vous tranquille, Mr Carnelian, je vous en prie, dit Mrs Underwood. Vous risquez de semer encore la confusion dans les esprits.

— En ce qui me concerne, c'est fait, déclara Mr Jackson avec équanimité.

— Alors nous sommes à égalité, plaisantin que vous êtes, quand on pense à la confusion que vous avez semée chez nous ! » Jherek Carnelian se leva et se mit à faire les cent pas dans la pièce. « Vous savez que l'effet Morphail est censé s'appliquer dans tous les cas de voyage en direction du passé, qu'il s'agisse de voyageurs regagnant leur propre époque, ou d'habitants du futur qui y feraient une simple visite.

— Je n'ai jamais entendu parler de l'effet Morphail, j'en ai peur. C'est une nouvelle théorie ? »

Jherek reprit, sans prêter attention à ses paroles :

« Maintenant, mon avis est que l'effet Morphail s'applique exclusivement à ceux qui produisent un nombre de paradoxes suffisant pour « s'imprimer », si l'on peut dire, sur le tissu du temps. Ceux qui prennent soin de déguiser leurs origines, de recourir le moins possible aux informations que l'avenir leur a fournies peuvent survivre dans le passé aussi longtemps qu'ils le désirent !

— Je ne suis pas sûr de bien vous suivre, Mr Carnelian. Mais continuez, je vous en prie.

— Si vous publiez tout ceci, Mr Carnelian passera pour fou à lier, dit Mrs Underwood avec douceur.

— Et si vous répétez ce que je vous ai dit à un grand nombre de personnes, le résultat en sera de nous renvoyer à nouveau dans l'avenir, dit Jherek avec un regard intelligent à l'adresse de Mr Jackson. N'est-ce pas, Jagged ? »

Mr Jackson répliqua sur un ton d'excuse :

« Je ne vous comprends toujours pas. Mais continuez à parler et moi je continue à prendre des notes.

— Je préfère me taire, dit Jherek. J'ai besoin de réfléchir.

— Mr Jackson pourrait nous aider s'il voulait bien accepter la vérité, intervint Mrs Underwood. Mais s'il est du même avis que Mr Harris...

— Je suis reporter, dit Mr Jackson. Je garde mes théories pour moi, Mrs Underwood. Tout ce que je désire, c'est faire mon travail. Si vous aviez une preuve, par exemple...

— Montrez-lui ce drôle de revolver que vous avez, Mr Carnelian. »

Jherek tâta la poche de son pardessus et en retira le fusil-trompeur.

« Comme preuve, il est plutôt mince, dit-il.

— Le dessin en est très bizarre, en tout cas », dit Mr Jackson en l'examinant.

Il le tenait encore à la main lorsqu'on frappa à la porte et qu'une voix vociféra :

« Ouvrez cette porte ! Ouvrez au nom de la loi !

— La police ! » La main de Mrs Underwood vola vers sa bouche. « Mr Harris nous a trahis ! »

La porte trembla sous le choc de corps massifs qui se jetaient dessus.

Mr Jackson se leva lentement et rendit le revolver à Jherek.

« Je crois que nous ferions mieux de leur ouvrir, dit-il.

— Vous saviez qu'ils viendraient ! s'écria Mrs Underwood d'une voix accusatrice. Oh ! nous avons été trahis de tous côtés !

— Je doute fort que Mr Harris l'ait su. Par ailleurs, c'est un vulgaire fiacre qui vous a amenés ici. La police a pu découvrir votre adresse par l'intermédiaire du conducteur. Oublier ces détails importants, c'est assez typique de Frank Harris. »

Mr Jackson cria :

« Attendez un instant, s'il vous plaît. Nous allons vous ouvrir. » Tout en encourageant Mrs Underwood d'un sourire, il tira le loquet et ouvrit la porte toute grande. « Bonjour, inspecteur. »

Un homme vêtu d'un lourd imperméable, un petit chapeau melon vissé avec raideur au sommet de sa tête massive, entra dans la pièce avec une dignité bovine. Il regarda autour de lui, il renifla un peu comme Mrs Underwood l'avait fait ; il prenait grand soin de ne regarder ni Jherek Carnelian, ni Mrs Underwood. Enfin, il dit :

« Herr-um ! »

Il pivota sur ses talons, tel un rhinocéros qui aurait comploté une attaque surprise, et, braquant sous le nez de Jherek un doigt qui ressemblait à une corne menaçante, demanda :

« C'est vous ?

— Qui ?

— Le tueur de Mayfair ?

— Non. »

Jherek fit un pas en arrière.

« Je m'en doutais. » Il tripota du doigt une moustache bien cirée. « Je suis l'inspecteur Springer. » Ses sourcils épais s'abaissèrent sur des yeux enfoncés, bruns et soucieux. « De Scotland Yard, ajouta-t-il. Vous avez entendu parler de moi, je suppose ?

— Je crains bien que non, dit Jherek.

— Je m'occupe des agitateurs politiques, des étrangers, des éléments perturbateurs... et je m'en occupe d'une main extrêmement *ferme*.

— Alors vous y croyez, vous aussi ! » Mrs Underwood se leva. « La piste que vous suivez est fausse, inspecteur.

— Nous verrons », dit l'inspecteur Springer avec un sourire énigmatique. Il leva un doigt et le plia, appelant par ce moyen dans la pièce quatre ou cinq hommes en uniforme. « Les anarchistes, je les connais par cœur. Vous en avez bien la tête, tous les trois. Nous allons procéder à une enquête approfondie. Très, très approfondie.

— Je pense que vous vous égarez, dit Mr Jackson. Je suis journaliste. J'étais en train d'interviewer ces gens et...

— C'est vous qui le dites, Monsieur. Ah ! je m'égare ? Eh bien, je ne tarderai pas à retrouver mon chemin, ne vous inquiétez pas. » Il regarda le fusil-trompeur et tendit la main pour le recevoir. « Donnez-moi cette arme, dit-il. *Moi*, je ne trouve pas qu'elle ait l'air de fabrication anglaise.

— Je crois que vous feriez mieux de tirer, Jherek, dit Mr Jackson avec douceur. Nous n'avons pas le choix, il me semble.

— Tirer, Jagged ? »

Mr Jackson haussa les épaules.

« C'est mon avis. »

Jherek appuya sur la détente.

« Il ne reste plus qu'une ou deux charges... »

L'appartement de Bloomsbury Square fut brusquement envahi par quinze guerriers datant des derniers temps de l'Empire cannibale. Leur visage triangulaire était peint en vert, leur corps en bleu, et ils étaient nus hormis leurs colliers et leurs bracelets composés de petits crânes et de phalanges. Ils portaient à la main de longs épieux à la pointe aiguisée et rouillée, et des gourdins hérissés de clous. Ils étaient de genre femelle. Ils montraient en souriant des dents jaunes, aiguisées à la lime.

« Je le savais que vous en étiez, des fichus anarchistes ! » s'écria l'inspecteur Springer, triomphant.

Ses hommes avaient reculé en direction de la porte, mais il restait fidèle au poste.

« Arrêtez-les ! » ordonna-t-il d'une voix sévère.

Les dames guerrières vertes et bleues jacassèrent et firent mine de fondre sur lui. Elles léchaient leurs lèvres gercées.

« Par ici », chuchota Mr Jackson, en conduisant Jherek et Mrs Underwood dans la chambre. Il ouvrit une fenêtre et grimpa sur un petit balcon. Ils le rejoignirent sur la balustrade où il s'était perché avant de sauter sur la suivante. Un escalier reliait le balcon voisin au sol et il était facile de descendre par ce moyen. Mr Jackson traversa la petite cour d'un pas nonchalant et ouvrit une porte percée dans le mur, qui donnait sur une rue tranquille et ombragée.

« Jagged... ça ne peut être que vous. Vous saviez quels seraient les effets du fusil-trompeur !

— Mon cher ami, répondit froidement Mr Jackson, tout ce que je savais, c'est que vous possédiez une arme et qu'elle pourrait nous être utile dans notre situation.

— Où allons-nous maintenant ? demanda Mrs Underwood d'une petite voix pathétique.

— Oh ! Jagged va nous aider à retourner dans l'avenir, lui dit Jherek avec confiance. N'est-ce pas, Jagged ? »

Mr Jackson parut amusé.

« Même si j'étais l'ami dont vous me parlez, il n'y aurait aucune raison de me supposer plus capable que vous de déambuler dans le temps à volonté !

— Je n'y avais pas réfléchi, dit Jherek. Par conséquent, vous n'êtes qu'un expérimentateur ? Un expérimentateur à peine plus avancé que moi dans ses travaux ? »

Mr Jackson ne répondit pas.

« Et nous faisons partie de cette expérience, Lord Jagged ? poursuivit Jherek. Les miennes sont-elles de quelque utilité pour vous ? »

Mr Jackson haussa les épaules.

« Je prendrais sans doute plus de plaisir à notre conversation, dit-il, si nous nous trouvions dans une situation plus sûre. Pour l'instant, nous sommes tous les trois "en fuite". Je propose que nous nous rendions dans mon appartement de Soho pour y examiner la situation. Je vais contacter Mr Harris et lui demander de nouvelles instructions. Évidemment, tout cela sera gênant pour lui aussi. »

Il les guida dans le dédale des petites rues. Le soir était tombé et le soleil commençait à se coucher.

Mrs Underwood prit exprès un peu de retard sur lui et tira Jherek par la manche.

« Je crois qu'on est en train de nous rouler, chuchota-t-elle. Pour je ne sais quelle raison, Mr Harris ou Mr Jackson ou les deux nous utilisent à leurs propres fins. Nous aurions peut-être une meilleure chance de nous en tirer seuls puisque la police ne vous prend visiblement plus pour un assassin évadé.

— Non, elle me prend pour un anarchiste. Ce n'est pas encore pire ?

— Heureusement non, pas aux yeux de la loi.

— Alors où pouvons-nous aller ?

— Savez-vous où Mr Wells habite ?

— Oui, au *Café Royal.* C'est là que je l'ai rencontré.

— Dans ce cas il faut essayer de retourner au *Café Royal.* Ce n'est pas exactement là qu'il habite, Mr Carnelian... mais nous pouvons espérer qu'il y passe une bonne partie de son temps.

— J'aimerais bien que vous m'expliquiez la différence », lui dit-il.

À quelques pas devant eux, Mr Jackson hélait un fiacre, mais quand il se retourna pour les inviter à y entrer, ils étaient déjà dans une autre rue et s'enfuyaient aussi vite que leurs jambes lasses pouvaient les porter.

17

Une soirée particulièrement mémorable au Café Royal

Il faisait noir lorsque Mrs Underwood réussit enfin à gagner le *Café Royal.* Ils s'y étaient rendus par les rues les plus sombres après l'achat, chez un fripier près du British Museum, d'un grand châle en haillons pour elle et d'un raglan mité pour couvrir le costume gâté de Jherek. À présent, lui avait-elle déclaré, ils ressemblaient à n'importe quel couple de miséreux londoniens. Il était vrai qu'ils n'attiraient plus l'attention. Ce fut seulement en essayant de passer les portes du *Café Royal* qu'ils se trouvèrent de nouveau en difficulté. Comme ils allaient entrer, un garçon se rua sur eux et leur dit d'une voix basse et pressante :

« Fichez le camp, tous les deux ! Ma parole, je n'aurais jamais cru voir le jour où les mendiants prendraient tant d'audace. »

Les clients du restaurant étaient peu nombreux mais commençaient déjà à commenter la situation.

« Allez-vous-en ! » répéta le garçon en haussant le ton. Je vais vous mettre les flics aux trousses...

Il avait nettement rougi.

Jherek Carnelian l'ignora car il venait d'apercevoir Frank Harris assis à une petite table en compagnie d'une dame d'aspect exotique. Elle portait une robe carmin, ornée de dentelle noire, une mantille également noire et plusieurs peignes d'argent dans sa chevelure aile-de-corbeau. Elle éclata d'un rire haut perché et assez artificiel à la suite d'une phrase qui venait de lui être adressée par Mr Harris.

« Mr Harris ! cria Jherek Carnelian.

— Mr *Harris* ! » renchérit férocement Mrs Underwood. Sans se laisser intimider par les garçons agités, elle marcha droit sur la table. « J'aimerais avoir un petit entretien avec vous, Monsieur.

— Oh ! mon Dieu ! gémit Mr Harris. Je vous croyais encore... comment ? Oh ! mon Dieu ! »

La dame en carmin se retourna pour voir ce qui se passait. Elle avait les lèvres de la même couleur que sa robe. D'un ton plutôt froid elle demanda :

« Cette dame est-elle de vos amies, Mr Harris ? »

Il saisit la main de sa compagne.

« Doña Isobella, je vous assure... ce sont là deux personnes que j'ai placées sous ma protection pour... Hum...

— Votre *protection*, Mr Harris, ne m'a pas l'air de valoir grand-chose. »

Mrs Underwood passa Doña Isobella en revue de la tête aux pieds :

« Est-ce là cette personne haut placée avec laquelle je vous croyais en conférence ? »

Un concert de récriminations s'éleva aux tables voisines. Le garçon attrapa Jherek Carnelian par le bras. Jherek le contempla, un peu surpris.

« Oui ?

— Il faut partir, Monsieur. Je vois à présent que vous êtes un gentleman, mais vous êtes incorrectement vêtu...

— C'est tout ce que j'ai, dit Jherek. Voyez-vous, mes anneaux énergétiques ne me servent à rien ici.

— Je ne comprends pas... »

Jherek lui montra aimablement les anneaux qui lui restaient.

« Ils ont tous une fonction légèrement différente. Celui-ci sert essentiellement aux restructurations biologiques. Quant à celui-là...

— Oh ! mon Dieu », répéta Mr Harris.

Une nouvelle voix l'interrompit. Elle était forte et excitée.

« Les voilà ! Je vous avais bien dit que nous les trouverions dans cet abîme d'iniquité ! »

Mr Underwood semblait ne pas avoir dormi depuis un bon moment. Il portait toujours le costume que Jherek lui avait vu la veille au soir. Ses cheveux couleur de paille étaient en désordre, son pince-nez de travers.

L'inspecteur Springer et ses hommes suivaient sur les talons de Mr Underwood. Ils avaient l'air légèrement hébétés.

Plusieurs clients se levèrent et demandèrent leur chapeau et leur manteau. Seuls Mr Harris et Doña Isobella restèrent assis. Mr Harris avait la tête dans les mains. Doña Isobella jetait à présent autour d'elle des regards souriants. L'argent miroitait ; le carmin bruissait. Elle semblait enchantée de l'interruption.

« Arrêtez-les ! ordonna Mr Underwood.

— Harold, commença Mrs Underwood, nous sommes victimes d'une affreuse méprise ! Je ne suis pas la femme que vous croyez !

— Assurément, Madame ! Assurément !

— Je veux dire que je suis innocente des fautes que vous me reprochez !

— Ha ha ! »

L'inspecteur Springer et ses hommes s'ébranlèrent, avec une certaine prudence, en direction du petit groupe qui se tenait à l'autre bout du restaurant, tandis que Harold Underwood tenait l'arrière-garde.

Mr Harris s'efforçait de rétablir sa position auprès de Doña Isobella.

« Mes relations avec ces gens sont des plus minces, Doña Isobella.

— Minces ou pas, j'ai envie de faire leur connaissance. Présentez-nous, Frank, s'il vous plaît. »

Ce fut au moment où les Lat, les brigands-musiciens, se matérialisèrent que les trois quarts des garçons s'en furent avec les quelques clients qui restaient.

Le capitaine Mubbers, son arme à la main, jeta autour de lui des regards égarés. Les pupilles de son œil unique se mirent lentement à converger.

« *Ferkit !* grommela-t-il d'un ton belliqueux, mais sans s'adresser à quelqu'un de particulier *Kroofrudi !* »

L'inspecteur Springer s'arrêta net et contempla pensivement les sept petits extra-terrestres. De l'air d'un homme qui est sur le point de découvrir une vérité profonde, il murmura :

« Ho !

— *Smakfrug, glex mibix cue ?* » fit un membre de l'équipage.

Et il dirigea une attaque surprise, avec son instrument, sur les jambes de l'inspecteur Springer. Ils avaient manifestement le même problème ici : ou bien leurs armes ne fonctionnaient pas à une telle distance de leur source d'énergie, ou bien ils étaient à cours de munitions.

Les trois pupilles du Lat se croisèrent d'une façon alarmante, et puis s'écartèrent. Il marmonna quelque chose, tout en tournant le dos à l'inspecteur Springer. Ses oreilles se haussèrent, puis s'abaissèrent.

« Le reste de votre bande d'anarchistes, hein ? fit l'inspecteur Springer. Et l'air capable de tout, plus encore que les autres. Qu'est-ce que c'est que ce charabia ? Une espèce de russe, hein ?

— Ces gens sont des Lat, dit Jherek. Ils ont dû être pris dans le champ que Mademoiselle a créé. Cette fois notre paradoxe est bien là. Ce sont des voyageurs de l'espace, qui viennent de ma propre époque, expliqua-t-il à Mrs Underwood.

— Y a-t-il quelqu'un parmi vous qui parle anglais ? demanda l'inspecteur Springer au capitaine Mubbers.

— *Hawtyard !* grogna ce dernier.

— Hé là, du calme ! tonna l'inspecteur. Il y a des dames ici, du moins si l'on peut dire. »

L'un de ses hommes, montrant les costumes

de flanelle rayée que portaient les Lat, suggéra qu'ils avaient pu s'échapper de prison... bien que ces habits fissent surtout penser à de simples pyjamas.

« Ces vêtements-là ne sont pas à eux, dit Jherek. C'est Mademoiselle qui les leur a mis quand...

— On ne vous a rien demandé, Monsieur, je me permets de vous le rappeler, dit l'inspecteur Springer d'un ton hautain. Nous prendrons votre déclaration dans un instant.

— Ce sont ces gens que vous devez arrêter, inspecteur ! criait Harold Underwood, qui tremblait encore de rage, en montrant sa femme et Jherek.

— Il est stupéfiant, déclara Mrs Underwood, moitié pour elle-même, moitié pour les autres, que l'on puisse vivre avec les gens pendant si longtemps sans se douter des paroxysmes de passion dont ils sont capables. »

L'inspecteur Springer fit un geste en direction du capitaine Mubbers. Le nez bulbeux du Lat semblait palpiter de rage. Il leva les yeux vers l'inspecteur et le fusilla du regard. L'inspecteur voulut lui poser la main sur l'épaule. Il la retira vivement.

« Ouille ! s'écria-t-il, en couvrant de son autre main le membre blessé. Ce petit poison m'a mordu ! » En désespoir de cause, il se tourna vers Jherek. « Vous comprenez leur charabia ?

— Non, je regrette, dit Jherek. Les pilules de traduction ne s'appliquent qu'à une seule langue à la fois et pour l'instant c'est la vôtre que je parle et que je comprends... »

L'inspecteur Springer donna l'impression de vouloir chasser momentanément Jherek de son esprit.

« Les autres ont tout simplement disparu, dit-il d'une voix chagrine, convaincu d'avoir été délibérément roulé.

— C'étaient des illusions, dit Jherek. Ceux-ci sont authentiques... ce sont de vrais voyageurs de l'espace. »

L'inspecteur Springer fit une nouvelle tentative en direction du capitaine Mubbers.

« *Jilip goff !* cracha le brigand, et l'un de ses sabots attrapa l'autre en plein tibia.

— Ouille ! fit de nouveau l'inspecteur Springer. Bon ! Vous l'aurez voulu ! »

Et son expression devint extrêmement méchante.

Le capitaine Mubbers repoussa une table. Couteaux et fourchettes en tombèrent à grand bruit. Deux brigands, dont l'attention avait été ainsi attirée, tombèrent à genoux et se mirent à les ramasser en jacassant avec excitation, comme s'ils avaient découvert un trésor caché.

« Laissez cette argenterie ! vociféra l'inspecteur Springer. Eh bien, tant pis ! Chargez-les, messieurs ! »

Avec un bel ensemble, les policemen brandirent leurs bâtons et se ruèrent sur les Lat qui se défendirent, tant avec les couteaux et fourchettes qu'avec leurs armes à présent sans pouvoir.

Mr Jackson fit son entrée dans la pièce. Il n'y avait plus de garçons en vue. Il accrocha son manteau et son chapeau, sans accorder plus qu'un intérêt mitigé à la mêlée qui faisait rage au centre du restaurant, et le traversa pour rejoindre Frank Harris qui gémissait tout seul, toujours assis au même endroit. Doña Isobella tapait des mains et pouffait de rire. Jherek Carnelian et Mrs Underwood semblaient indécis. Harold Underwood agitait les poings ; il finit par bondir au milieu de la mêlée en intimant à l'inspecteur Springer l'ordre de faire son devoir (apparemment, il ne croyait pas que le devoir de l'inspecteur eût grand rapport avec l'arrestation de trois brigands musiciens hauts de trente centimètres, en provenance d'une galaxie lointaine).

« Je vous souhaite le bonsoir », dit Mr Jackson d'une voix affable. Il ouvrit un mince étui en or et y prit une cigarette égyptienne. Après l'avoir introduite dans un fume-cigarettes, il l'alluma et, s'adossant à une colonne, s'absorba dans la contemplation de la bataille. « Je pensais bien vous trouver ici », ajouta-t-il.

Jherek s'amusait énormément.

« Moi aussi, j'aurais pu jurer que vous viendriez, Jagged. Qui voudrait manquer ce spectacle ? »

Manifestement, aucun de ses amis ne le souhaitait car, étincelant de tous leurs ors et rejetant dans l'ombre l'opulence du *Café Royal*, l'Orchidée de Fer, le duc de Queens, l'évêque Castle et My Lady Charlotina apparurent.

L'Orchidée de Fer, en particulier, fut enchantée de voir son fils mais, quand elle lui adressa la parole, il se rendit compte qu'il ne la comprenait pas. Il tâta ses poches, y trouva les pilules de traduction qui lui restaient et les tendit aux nouveaux arrivants. Ceux-ci ne tardèrent pas à saisir la situation et chacun d'eux avala une pilule.

« J'ai d'abord cru à une autre illusion de votre fusil-trompeur, lui dit l'Orchidée de Fer, mais nous sommes réellement de retour à l'Aurore des Temps, n'est-ce pas ?

— En effet, ô la plus tendre des fleurs épanouies. Voyez, me voilà réuni à Mrs Underwood.

— Bonsoir, dit cette dernière à l'adresse de la mère de Jherek, mais sur un ton où perçait une certaine froideur.

— Bonsoir, ma chère. Votre costume est splendide. Il est d'époque, je suppose ? » L'Orchidée de Fer tourna les talons, dans un envol de draperies flamboyantes. « Et Jagged est là, lui aussi ! Bienvenue à vous, languide Lord des Canaries ! »

Mr Jackson accueillit son salut d'un léger sourire.

L'évêque Castle réunit autour de lui les plis de sa robe bleue et s'assit près de Mr Harris et de Doña Isobella.

« En tout cas, je suis content d'être sorti de ce bois, dit-il. Êtes-vous des résidents de cette époque ou des visiteurs comme moi-même ? »

Doña Isobella lui décocha un sourire rayonnant.

« Je suis espagnole, dit-elle. Je danse. Des danses exotiques, vous voyez.

— C'est charmant. Est-ce que les Lat vous causent beaucoup de problèmes ?

— Les petits hommes-monstres ? Oh ! non. Les policiers et eux s'amusent comme des petits fous, il me semble. »

D'une main tremblante, Mr Harris se servit un grand verre de champagne. Sans en offrir aux autres, il le but très rapidement.

My Lady Charlotina embrassa Mrs Underwood sur la joue.

« Oh ! vous n'imaginez pas quels plaisirs excitants vous nous avez procurés, belle ancêtre. Mais votre propre époque ne semble pas non plus démunie en matière de divertissements ! »

Elle rejoignit à table l'évêque Castle.

Le duc de Queens se récriait de plaisir devant le décor tout en peluche et en ors du restaurant.

« Je suis décidé à en recréer un, annonça-t-il. Vous m'avez dit que ça s'appelait comment, Jherek ?

— Le *Café Royal*.

— Il refleurira, cinq fois plus magnifique, à la Fin des Temps ! » clama le duc.

Du centre de la pièce leur provenaient des « *Ferkit !* » et des « Ouille ! » étouffés. Des deux équipes, celle de l'inspecteur Springer et celle du capitaine Mubbers, aucune, apparemment, ne prenait le dessus. Le nombre des tables retournées croissait à chaque instant.

Le duc de Queens notait attentivement les uniformes des policiers.

« C'est comme ça tous les soirs ? Je suppose que les Lat sont une nouveauté dans le programme ?

— À ma connaissance, le mieux qu'ils aient pu organiser dans le passé, ce sont des orgies alcooliques de l'espèce la plus conventionnelle, répliqua Mr Jackson. Il est vrai qu'il n'y a pas, sans doute, une grande différence d'essence.

— Le café est célèbre pour sa clientèle bohème », expliquait Doña Isobella à l'évêque Castle qui lui prêtait une oreille très attentive. L'atmosphère y est moins guindée que dans la plupart des restaurants de cette classe.

Il y eut un sifflement bizarre et un éclair blanc qui les aveugla tous : Brannart Morphail venait d'apparaître, suspendu en plein air presque à hauteur de plafond, dans un harnais jaune parcouru de pulsations, deux espèces de disques en rotation rapide sur le dos, qui menaçaient de provoquer sa collision avec un énorme lustre de cristal. Sa chaussure orthopédique s'agitait frénétiquement d'avant en arrière et il envoyait de grandes claques à la courroie de son harnais, près de son épaule. Il avait visiblement du mal à contrôler sa machine.

« Je vous avais prévenus ! Je vous avais prévenus ! » cria-t-il de là-haut. Sa voix était mal modulée, parasitée, comme s'il utilisait un traducteur de mauvaise qualité. Elle passait constamment d'un registre à un autre. « Toutes ces manipulations du temps sont en train de provoquer le chaos ! Il n'en sortira rien de bon ! Prenez garde ! Prenez garde ! »

Les policiers et les Lat eux-mêmes cessèrent de se battre pour contempler l'apparition.

Brannart Morphail, avec un hurlement, se mit à flotter sur le dos, en battant l'air des bras et des jambes. « Ces foutues coordonnées spatiales, c'est chaque fois la même chose ! » gémit-il. Il tapa de plus belle sur son harnais et se retourna, si bien qu'à présent c'est en flottant sur le ventre qu'il leur parlait. La voix sifflante qui sortait des disques à grand bruit devint encore plus aiguë et hachée de couics. « La seule machine que j'ai pu remettre en état pour venir ici. Une astuce idiote d'un maniaque du 15e siècle pour économiser l'énergie. Berk ! » Et il se retrouva sur le dos.

Mr Underwood avait recouvré brusquement tout son calme. Debout, il regardait fixement Brannart Morphail à travers son pince-nez, le visage très blanc, le corps rigide. Ses lèvres remuaient de temps à autre.

« Tout ça est de votre faute, Jherek Carnelian ! » L'un des disques cessa complètement de fonctionner et Brannart Morphail se mit à dériver de guingois sur toute la largeur du plafond, heurtant le lustre qui tinta. « On ne peut pas se lancer dans des escapades incontrôlées à travers le temps sans provoquer des tourbillons épouvantables dans le mégaflux ! Et maintenant, voyez ce qui arrive. Je suis venu vous arrêter, vous prévenir... ahaha ! » Le savant donna des coups de pied sauvages pour se libérer d'un plumet de velours dans lequel il était venu se jeter, près de la fenêtre.

Mr Harris parlait d'une voix basse et mal assurée à My Lady Charlotina qui lui caressait la tête.

« Toute ma vie, disait-il, on m'a accusé de raconter des balivernes. Qui croira jamais à cette histoire-ci ?

— Brannart a raison, évidemment, dit Mr Jackson, toujours confortablement adossé au pilier. Je me demande si les risques en valent la peine ?

— Les risques ? fit Jherek, l'œil fixé sur Mrs Underwood qui se rapprochait de son mari.

— Je n'arrive pas à comprendre pourquoi l'effet n'a pas commencé à s'appliquer ! » pleurnicha Brannart Morphail qui s'était dégagé et flottait librement, mais ne parvenait toujours pas à remettre en marche le second disque. Il remarqua Mr Jackson pour la première fois. « Quel est votre rôle dans tout ceci, Lord Jagged ? Encore une de vos histoires fantasques et retorses, je suppose.

— Mon cher Brannart, je vous assure...

— Bah ! Ouille ! » Le disque se mit à tourner, expédiant le savant vers le haut et de côté. « Ni Jherek ni cette femme ne devraient être encore là... et vous non plus, Jagged ! Contrarier la logique du temps, c'est attirer la malédiction sur tous !

— La malédiction... murmura Mr Underwood, sans s'apercevoir que sa femme l'avait rejoint et le secouait par l'épaule.

— Harold ! Parlez-moi ! »

Il tourna la tête. Il souriait avec douceur.

« La malédiction, répéta-t-il. J'aurais dû m'en rendre compte. C'est l'Apocalypse. Ne vous faites pas de souci, ma chère, car nous au moins, nous serons sauvés. »

Il lui tapota la main. Elle fondit en larmes.

Mr Jackson s'approcha de Jherek qui contemplait la scène avec un intérêt anxieux.

« Je crois qu'il serait sage de partir à présent.

— Pas sans Mrs Underwood », répliqua fermement Jherek.

Mr Jackson soupira et haussa les épaules.

« Non, évidemment. D'ailleurs il est important que vous restiez ensemble. Vous êtes si rares...

— Rares ?

— Simple figure de style. »

Mr Underwood se mit à chanter, sans tenir compte des larmes de sa femme. Il avait une voix de ténor, d'une richesse surprenante.

« Jésus, amant de mon âme / Laisse-moi fuir dans ton sein. / Quand s'approchent les eaux noires / Quand l'orage bat son plein / Cache-moi ô mon Sauveur / Jusqu'au jour de son déclin / Dans le havre de tes bras / Mon âme ne craint plus rien.

— Comme c'est joli ! s'écria l'Orchidée de Fer. Un rite primitif, tel que ceux dont les villes pourries conservent le souvenir !

— Je parierais plutôt pour une incantation destinée à évoquer des sorcières, dit l'évêque Castle qui portait un intérêt particulier à ces anciennes coutumes. Ou à faire apparaître l'Esprit Saint. Ainsi nommé parce qu'on le représentait sous les traits d'une femme éthérée, expliqua-t-il gentiment à Doña Isobella qui l'écoutait, pendue à ses lèvres.

— Ne le sommes-nous pas toutes ? dit-elle et, avec un sourire plein de charme, elle se pencha sur l'évêque Castle qui l'embrassa sur la bouche.

— Prenez garde ! gronda Brannart Morphail, mais plus personne ne lui prêtait attention. Les Lat et les policemen avaient recommencé à se battre.

— Je dois avouer que votre petit siècle me plaît beaucoup, dit le duc de Queens à Jherek Carnelian. Je comprends pourquoi vous y venez en visite. »

Jherek fut flatté, malgré son scepticisme habituel quant au goût de son interlocuteur.

« Merci, duc chéri. Ce n'est pas moi qui en suis l'auteur, évidemment.

— Mais c'est vous qui l'avez découvert. J'aimerais beaucoup y revenir. Est-ce que tout est comme ça ?

— Oh ! non, il y a beaucoup de variété. » Il parlait d'un ton vague, sans quitter des yeux Mr et Mrs Underwood. Cette dernière, toujours en larmes, prit la main de son mari et reprit l'hymne avec lui. « Étends sur ma tête nue / La protection de ton aile. » Son soprano s'harmonisait merveilleusement avec le ténor de son mari. Jherek se sentit étrangement ému. Il fonça les sourcils. « Il y a des feuilles, et des chevaux, et des champs d'épandage.

— L'épandage est une chose qui pousse dans des champs ?

— C'est trop compliqué à expliquer. »

Jherek répugnait à reconnaître son ignorance, surtout devant son vieux rival.

« Vous pourriez peut-être, si vous aviez un instant, me faire visiter les principales curiosités ? suggéra le duc de Queens avec hésitation. Je vous en serais très reconnaissant, Jherek. » Il mettait dans sa voix toute la séduction possible et Jherek se rendit compte qu'à la fin des fins le duc de Queens s'inclinait devant la supériorité de son goût. Il lui sourit avec condescendance.

« Bien sûr, dit-il, dès que j'aurai un moment. »

Mr Harris était tombé la tête sur la nappe. Il ronflait assez violemment.

Jherek fit un pas dans la direction de Mrs Underwood, puis se ravisa. Il ne savait pas pourquoi il hésitait. L'évêque Castle leva la tête.

« Venez vous asseoir avec nous, joyeux Jherek, je vous en prie. Après tout, c'est vous qui êtes notre hôte !

— Pas exactement », dit Jherek, mais il s'assit de l'autre côté de Doña Isobella.

Les Lat, acculés dans le coin le plus éloigné du *Café Royal*, opposaient encore une résistance farouche. Aucun policeman engagé dans la bataille ne pouvait exhiber moins d'une morsure au doigt ou d'un hématome au tibia.

Jherek se découvrit incapable d'accorder la moindre attention à l'entretien qui se déroulait à sa table. Il se demandait pourquoi Mrs Underwood versait en chantant des larmes si abondantes. Le visage de Mr Underwood était, par contraste, plein de joie.

Doña Isobella se rapprocha légèrement de Jherek dont les narines captèrent le parfum mêlé des violettes et des cigarettes égyptiennes. L'évêque Castle baisait une main aux ongles peints de la même couleur que la robe.

En haut le sifflement s'accrut et Brannart Morphail dériva vers le sol, toujours en position ventrale.

« Retournez à votre propre époque pendant que vous le pouvez encore, cria-t-il. Vous allez vous échouer, vous enliser sur les rives du temps ! Prenez garde ! Prenez ga-a-a-rde ! »

Doña Isobella rejeta la tête en arrière et sourit de toutes ses dents à Jherek. Elle avait l'air de répondre à quelque chose que l'évêque Castle venait de lui dire, mais c'est à Jherek qu'elle s'adressait.

« Aime l'amour, mon aimé, déclara-t-elle, mais ne commets *jamais* l'erreur d'aimer une personne. L'abstraction offre tous les plaisirs et n'expose à nulle souffrance. Mieux vaut, et de beaucoup, vivre en amour qu'aimer quelqu'un. »

Jherek sourit.

« Vous me faites penser à Lord Jagged. Mais j'ai bien peur d'être déjà pris au piège.

— Au reste, dit l'évêque Castle sans lâcher la main de la dame, qui nous dira ce qu'il y a de plus doux, la mélancolie ou l'extase irréfléchie ? »

Ils le regardèrent tous deux avec un léger étonnement.

« J'ai mes préférences, dit-elle. Moi, je sais. » Elle reporta toute son attention sur Jherek, et dit d'une voix rauque : « Mais vous êtes tellement... tellement plus jeune que moi.

— Vraiment ? » L'intérêt de Jherek était réveillé. Il avait cru comprendre que, sans choix de leur part, ces gens avaient une espérance de vie extrêmement courte. « Eh bien, alors, vous devez avoir au moins cinq cents ans ! »

Les yeux de Doña Isobella s'embrasèrent. Sa lèvre se retroussa. Elle faillit parler et se ravisa. Elle lui tourna le dos. Elle rit assez bruyamment d'une phrase que l'évêque Castle lui murmurait à l'oreille.

Il remarqua, dans le coin opposé de la pièce, une silhouette vaporeuse qu'il ne reconnut pas. Le personnage, vêtu d'une espèce d'armure, jetait autour de lui des regards consternés.

Lord Jagged l'avait observé, lui aussi. Ses fins sourcils se rejoignirent et il tira pensivement sur sa cigarette.

La silhouette disparut presque aussitôt.

« Qu'est-ce que c'était que ça, Jagged ? s'enquit Jherek.

— Un guerrier d'environ six ou sept cents ans avant cette période-ci, dit Mr Jackson. Je ne peux pas me tromper. Et regardez ! »

Une fillette, aux contours flous, les contemplait avec stupeur. Quelques secondes plus tard, elle s'était évanouie.

« 19e siècle, dit Jagged. Je commence à prendre les avertissements de Brannart au sérieux. Le tissu du temps est en train de se déchirer complètement. J'aurais dû être plus prudent. Ah ! bah...

— Vous semblez inquiet, Jagged.

— J'ai des raisons de l'être. Vous feriez mieux d'aller chercher tout de suite Mrs Underwood.

— Elle est en train de chanter avec Mr Underwood.

— C'est ce que je vois. »

On entendit dans la rue un concert de coups de sifflets et une vingtaine de policiers au moins firent irruption dans le restaurant, le bâton dressé. Celui qui était à leur tête se présenta à l'inspecteur Springer et salua :

« Sergent Sherwood, Monsieur.

— Vous arrivez juste à temps, sergent. » L'inspecteur Springer réajusta son imperméable et vissa son chapeau melon sur sa tête. « Nous nettoyons un nid d'anarchistes étrangers, comme vous pouvez le voir. Les paniers à salade sont dehors ?

— Il y en aura bien assez pour ce petit lot, inspecteur. » Le sergent Sherwood balaya l'assistance d'un regard haineux. « Je me suis toujours douté que ce qu'on disait de cet établissement était vrai !

— C'est encore pire que ce qu'on raconte. Regardez-moi ça. » L'inspecteur Springer montra du doigt les Lat qui avaient renoncé à la lutte et, assis dans un coin, l'air maussade, soignaient leurs blessures. « C'est à peine s'ils ont l'air humain, non ?

— C'est de vilains oiseaux, pour sûr. Ils ne sont pas anglais, évidemment.

— Oh ! non. Ce sont des Latviens. Les agitateurs d'Europe de l'Est à leur pire. On les élève comme ça là-bas.

— Quoi ? Exprès ?

— C'est leur régime alimentaire, dit l'inspecteur Springer. Rien que de la viande crue.

— Berk. Je ne voudrais pour rien au monde hériter de votre job, inspecteur.

— Ce n'est pas toujours drôle, en effet. Bon. Rassemblons-les.

— Les... heu... les femmes peintes aussi ?

— Certainement, sergent. Amenez-les tous. On les triera au Yard. »

Mr Jackson avait écouté cette conversation et il se retourna vers Jherek en haussant les épaules.

« J'ai bien peur que nous ne puissions pas faire grand-chose pour l'instant, dit-il avec philosophie. On va nous jeter tous en prison.

— Oh ! vraiment ? » Jherek reprit goût à la vie. « J'aurai plaisir à me retrouver prisonnier », dit-il avec nostalgie. La prison se confondait dans son souvenir avec l'un des moments les plus heureux de son existence, lorsque Mr Griffiths, son avocat, lui avait lu la déclaration d'amour de Mrs Amelia Underwood. « Ils pourront peut-être aussi nous fournir une machine à voyager dans le temps. »

Lord Jagged ne semblait pas aussi optimiste.

« Nous aurons grand besoin d'une machine, dit-il, à supposer que nos problèmes ne se compliquent pas encore davantage. Le temps nous file entre les doigts, et ce n'est pas un vain mot. »

Il y eut un cliquetis et Jherek Carnelian baissa les yeux sur ses poignets. L'un des policemen nouvellement arrivés lui avait passé les menottes.

« J'espère que les bracelets vous plaisent », dit-il avec un sourire sardonique.

Jherek rit et leva les bras.

« Oh ! ils sont superbes ! »

Dans une atmosphère de folle gaieté, tout le monde quitta le *Café Royal* et monta dans les cars de police qui attendaient. Mr Harris resta seul sur place. Ses ronflements avaient pris un accent étonné, mélancolique.

L'Orchidée de Fer pouffa.

« Je suppose que ça vous arrive tout le temps, dit-elle à Doña Isobella dont les lèvres semblaient un peu pincées. Mais pour moi, c'est un divertissement exceptionnel. »

Mr Underwood, que sa femme aidait à franchir le seuil, eut un large sourire pour les policemen.

« Haut les cœurs, dit-il à l'inspecteur Springer, car le Seigneur est avec nous. »

L'inspecteur secoua la tête et soupira.

« Parlez pour vous », dit-il.

Il ne se promettait aucun plaisir de la nuit qui l'attendait.

18

Vers la machine à voyager dans le temps, enfin !

« Le secrétaire d'État à l'Intérieur, déclara l'inspecteur Springer d'un ton important, a été informé. » Debout au centre de la cellule, les poings sur les hanches, il regardait les prisonniers avec l'expression satisfaite d'un fermier qui vient d'acquérir du bétail de bonne qualité. « Je ne serais pas étonné, reprit-il, que nous ayons découvert la plus grande conspiration contre la Couronne depuis le complot des poudres. Et, avec un peu de chance, nous en ferons sortir quelques autres de leur trou dans les prochains jours. » Il reporta tout spécialement son attention sur le capitaine Mubbers et sur son équipage. « Nous apprendrons aussi comment vous faites pour pénétrer en fraude dans ce pays, vous et vos pareils.

— *Groonek, wertedas*, marmonna le capitaine Mubbers avec un sourire enjôleur. *Freg nusher, tunightly, mibix ?*

— Ça, c'est vous qui le dites, mon garçon ! Nous confierons à un jury anglais le soin de décider de votre sort ! »

Le capitaine Mubbers renonça à raisonner avec l'inspecteur Springer et, après un « *Kroofrudi !* » étouffé, rejoignit dans un coin les membres de son équipage.

« Il va nous falloir un traducteur, inspecteur, dit le sergent Sherwood qui, debout près de la porte, transcrivait les détails sur son carnet. Je n'ai pas pu obtenir leurs noms. Tous les autres, reprit-il, m'ont l'air d'être des étrangers, à l'exception de ces trois-là. »

Il montra du bout de son crayon Mr et Mrs Underwood ainsi que l'homme qui s'était présenté sous le nom de « Mr Jackson ».

« Il me reste une pilule, proposa Jherek. Prenez-la et vous pourrez converser avec eux si vous êtes seul à...

— Une pilule ? Vous osez vous tenir devant moi et m'offrir une drogue, à moi, un représentant de la force publique ? » Il se tourna vers le sergent Sherwood. « C'est une affaire de drogues, dit-il.

— Tout s'explique, dit le sergent Sherwood en hochant la tête avec gravité. Je me demandais ce qui était arrivé à cet autre type dont vous me parliez. Celui qui se promenait dans la machine volante.

— Nous le saurons en temps et lieu, dit l'inspecteur Springer.

— Absolument, renchérit Jherek. J'espère qu'il est rentré sans incident. La distorsion semble s'être apaisée, vous ne trouvez pas, Jagged ?

— Jackson, corrigea Jagged, mais sans conviction. Oui, mais ça ne durera pas si nous n'agissons pas très vite. »

Mr Underwood avait cessé de chanter et, en revanche, balançait beaucoup la tête de çà de là.

« La tension, déclara-t-il. Le stress, comme vous dites, ma chère. » Mrs Underwood s'efforçait de l'apaiser. « Je vous prie d'excuser mes accès d'humeur... de tout excuser... ce n'était pas une attitude chrétienne... j'aurais dû écouter... si vous aimez cet homme...

— Oh ! Harold !

— Non, non. Je préférerais que vous partiez avec lui. Il me faut du repos, de toute façon... à la campagne. Je pourrais peut-être séjourner chez ma sœur, celle qui dirige l'asile de vieillards de Whitehaven. Un divorce...

— Oh ! *Harold !* » Elle lui saisit le bras. « Jamais de la vie. Je resterai avec vous.

— Quoi ? » fit Jherek. « Ne l'écoutez pas, Mr Underwood. » Mais il se repentit aussitôt d'avoir prononcé ces mots. « Non, je suppose que vous devez l'écouter... »

Mr Underwood reprit d'un ton plus ferme :

« Ce n'est pas seulement pour vous, Amelia. Le scandale...

— Oh ! Harold, je regrette !

— Vous n'y êtes pour rien, j'en suis sûr.

— Vous allez porter plainte contre *moi* ?

— Eh bien, naturellement. Vous ne pouviez pas...

— Harold ! » Cette fois ses larmes semblaient être d'une qualité différente. « Mais où irais-je ?

— Chez... chez Mr Carnelian, sûrement ?

— Vous ne pouvez pas vous rendre compte de ce que cela signifie, Harold.

— Vous êtes habituée aux climats étrangers. Si vous quittiez l'Angleterre, si vous fondiez un nouveau foyer quelque part... »

Elle s'essuya les yeux, avec un regard accusateur pour Jherek.

« Tout cela est de votre faute, Mr Carnelian. Vous voyez maintenant ce qui est arrivé.

— Je ne saisis pas bien... » commença-t-il, mais il renonça aussitôt, car elle avait reporté toute son attention sur Mr Underwood.

Un autre policeman entra dans la cellule.

« Ah ! ah ! fit l'inspecteur Springer. Désolé de vous avoir tiré du lit, constable. Je voulais simplement éclaircir un petit problème. Vous assistiez, il me semble, à l'exécution du tueur de Mayfair.

— Oui, Monsieur.

— Et, à votre avis, est-ce là le type qui a été pendu ? »

Il désignait Jherek du doigt.

« Il y a une certaine ressemblance, Monsieur. Mais j'ai vu le tueur partir. Non sans dignité, d'ailleurs, comme on l'a remarqué à l'époque. Ça ne peut pas être le même.

— Vous avez vu le corps... ensuite ?

— Non, Monsieur. En fait, il y a des bruits qui ont couru... heu. Non, non. Celui-ci est différent... plus petit... Et puis le teint, la couleur des cheveux...

— J'en ai changé depuis... », commença Jherek, secourable.

Mais l'inspecteur Springer lui coupa la parole.

« La ferme, vous ! » Il avait l'air satisfait. « Merci, constable.

— Merci, Monsieur. »

Le constable quitta la cellule.

L'inspecteur Springer s'approcha de Mr Underwood.

« Vous vous sentez plus calme, hein ?

— Un peu, reconnut prudemment Mr Underwood. J'espère, enfin, je veux dire, je ne crois pas que...

— Je pense que vous vous êtes trompé, voilà tout. Après avoir eu l'occasion de vous voir... disons... dans d'autres circonstances... j'en déduirais... eh bien... que vous êtes un hypernerveux, que vous avez quelque chose qui... » Il se reprit, et recommença, presque avec bonté. « L'histoire de votre femme qui vous faussait compagnie, et tout ça. D'ailleurs, je vous dois de la reconnaissance, Mr Underwood. Sans le savoir, pour ainsi dire, vous m'avez aidé à démasquer cette bande de mauvais garçons. Nous avions entendu parler d'un complot pour assassiner Sa Majesté, mais les indices étaient un peu minces. À présent, nous disposons d'une piste, voyez-vous...

— Vous voulez dire que ces gens... ? Amelia, étiez-vous au courant de...

— Harold ! » Elle implora Jherek du geste. « Nous vous avons dit la vérité. Je suis certaine que personne ici ne sait rien de ce complot épouvantable. Ils viennent tous de l'avenir ! »

De nouveau, l'inspecteur Springer secoua la tête.

« Le problème, dit-il au sergent Sherwood, sera de faire la distinction entre les dingues purs et simples et les criminels conscients. »

L'Orchidée de Fer bâilla.

« Je dois dire, mon cher, confia-t-elle à Jherek dans un murmure, qu'il y a à cette époque des instants bien divertissants, mais aussi quelques temps morts.

— Ce n'est pas souvent comme ça, répondit-il sur un ton d'excuse.

— Donc, Monsieur, dit l'inspecteur Springer à Mr Underwood, vous pouvez partir. Nous aurons besoin de votre témoignage, bien sûr, mais je ne crois pas, dans l'état actuel des choses, que nous désirions vous garder plus longtemps.

— Et ma femme ?

— Elle doit rester, je le crains. »

Mr Underwood se laissa conduire par le sergent Sherwood vers la porte de la cellule.

« Au revoir, ma chère, dit-il.

— Au revoir, Harold. »

Elle n'avait plus l'air très ému.

Le duc de Queens ôta son superbe chapeau de chasseur et en brossa les plumes.

« Qu'est-ce que c'est que ça ? demanda-t-il à Mr Jackson.

— De la poussière, dit Jackson. De la saleté.

— Comme c'est intéressant. Comment l'obtient-on ?

— Il y a plusieurs manières de la fabriquer à l'Aurore des Temps, lui révéla Mr Jackson.

— Il faudra m'en montrer quelques-unes, Jherek. » Le duc de Queens replaça son chapeau sur sa tête. Il baissa la voix jusqu'au murmure. « Et qu'attendons-nous à présent ? demanda-t-il avec intérêt.

— Je n'en sais trop rien, dit Jherek. Mais ça vous plaira sûrement. Moi, ici, tout me plaît.

— Comment en serait-il autrement, ô pourchasseur de l'Ennui ! » Le duc de Queens eut un sourire bienveillant pour l'inspecteur Springer. « Et j'adore vos personnages, Jherek. Ils sont parfaitement dans le ton. »

Le sergent Sherwood réapparut avec un sexagénaire très digne en queue-de-pie et haut-de-forme noirs. L'inspecteur Springer le reconnut et salua.

« Les voilà, Monsieur. Je ne dirai pas que nous n'avons pas eu de mal à les épingler mais épinglés, ils le sont. »

Le dignitaire hocha la tête et jeta un regard froid sur les Lat, sur Jherek, qui poussa un soupir. Son visage resta impassible tandis qu'il inspectait l'Orchidée de Fer, le duc de Queens, l'évêque Castle, My Lady Charlotina, Doña Isobella et Mrs Underwood. Ce fut seulement en examinant de près le visage de Mr Jackson qu'il souffla dans un murmure :

« Dieu du ciel !

— Bonsoir, Munroe... ou bien faut-il déjà dire bonjour ? » Jagged semblait amusé. « Comment va le ministre ?

— Est-ce vous, Jagger ?

— J'en ai bien peur.

— Mais comment...

— C'est une question qu'il faut poser à l'inspecteur, mon cher.

— Inspecteur ?

— Un ami à vous, Monsieur ?

— Vous ne reconnaissez pas Lord Charles Jagger ?

— Mais... fit l'inspecteur Springer.

— Je vous avais bien dit que c'était lui, déclara Jherek, triomphant, à Mrs Underwood, qui le fit taire.

— Vous êtes-vous expliqué avec l'inspecteur, Jagger ?

— Ce n'est pas vraiment sa faute, mais il était tellement convaincu que nous étions tous mêlés à cette affaire... bref, il m'a paru inutile d'essayer de lui parler. J'ai jugé préférable d'attendre. »

Munroe eut un sourire jaune.

« Et de me tirer du lit.

— Il y a les Latviens, Monsieur, dit l'inspecteur Springer avec espoir, il y a en tout cas les Latviens. »

Munroe pivota solennellement sur lui-même et contempla les Lat avec sévérité.

« Ah ! oui. Ces gens-là ne sont pas de vos amis, n'est-ce pas, Jagger ?

— Pas du tout. Là, l'inspecteur Springer a fait du bon travail. Quant aux autres — qui sont mes invités —, ils dînaient avec moi au *Café Royal*. Comme vous le savez, je m'intéresse aux arts...

— Bien sûr. Inutile d'en dire davantage.

— Alors vous n'êtes même pas un fichu anarchiste ? gémit l'inspecteur Springer à l'adresse de Jherek. Juste un dingo qui a des relations. »

Et il poussa un profond soupir.

Le digne personnage le réprimanda.

« Inspecteur !

— Mes excuses, Monsieur.

— *Ferkit !* dit dans son coin le capitaine Mubbers. Il semblait s'adresser à Munroe. *Gloo, mibix ?*

— Bah », dit Munroe.

Les Lat, apparemment, n'appréciaient pas du tout leur séjour en prison. Assis par terre, tantôt curant leur gros nez, tantôt grattant leur tête à la forme bizarre, ils faisaient un petit groupe mélancolique.

« Aviez-vous une raison quelconque de soupçonner Lord Jagger et ses amis, inspecteur ? demanda Munroe d'un ton distant.

— Heu, non, Monsieur, sauf... enfin, même ça, ce n'était pas... ces femmes vertes et bleues, monsieur... » L'inspecteur Springer abandonna : « Non, Monsieur.

— Ils n'ont pas été inculpés ?

— Pas encore... heu, non, Monsieur.

— Ils peuvent s'en aller ?

— Oui, Monsieur.

— Eh bien, voilà, Jagged.

— Merci, Munroe.

— Quant à cette autre affaire, dit Munroe, agitant sa canne en direction des extra-terrestres désolés, elle peut attendre jusqu'à demain matin. J'espère que vous aurez suffisamment de preuves pour moi, inspecteur.

— Oh ! oui, Monsieur », dit l'inspecteur Springer. On ne voyait dans ses yeux nulle lumière révélant un plaisir quelconque à l'idée de ce qui l'attendait le lendemain. Il eut un coup d'œil désespéré pour les Lat. « En tout cas, ils sont étrangers, Monsieur, pour commencer. »

En arrivant sur la vaste avenue de Whitehall, Munroe, l'ami de Lord Jagged, ôta son chapeau pour saluer les dames.

« Mes compliments pour vos costumes, dit-il. Le bal a dû être magnifique si tous les autres étaient aussi réussis. Je vous verrai au club, peut-être, Jagged.

— Oui, peut-être, demain », dit Jagged.

D'un pas toujours aussi digne, Munroe entreprit de remonter Whitehall.

La lumière commençait à effleurer les bâtiments les plus hauts.

« Oh ! regardez ! s'écria My Lady Charlotina. C'est l'aube, la vraie, l'aube à l'ancienne mode ! »

Le duc de Queens tapa sur l'épaule de Jherek. « Superbe ! »

Jherek sentait bien qu'il avait acquis à bas prix l'estime du duc, puisqu'il n'était pour rien dans la production de ce lever de soleil, mais il ne pouvait s'empêcher d'éprouver un sentiment d'identification profondément satisfaisant avec les merveilles du 19e siècle et il se borna donc à secouer la tête avec modestie sans cesser d'accueillir les éloges de son ami.

« Sentez-moi cet air ! s'écria le duc de Queens. Mille parfums y sont mêlés ! »

Il prit de l'avance sur les autres qui le suivirent sur le quai où il était allé admirer le fleuve avec les ordures qu'il charriait, ses péniches, sa pellicule luisante de mazout, gris dans la lueur de l'aube naissante.

Jherek demanda à Mrs Underwood :

« Êtes-vous disposée maintenant à reconnaître que vous m'aimez, Mrs Underwood ? J'ai cru comprendre que vos relations avec Mr Underwood touchaient à leur fin ?

— C'est ce qu'il a l'air de penser, soupira-t-elle. J'ai fait de mon mieux.

— Vous avez merveilleusement chanté.

— Sans doute était-il déjà un peu instable, dit-elle, mais je n'en suis pas moins responsable de ce qui est arrivé. »

Elle semblait répugner à en dire davantage et Jherek, avec tact, respecta son silence.

Sur le fleuve, un remorqueur actionna sa sirène. Un vol de mouettes s'élança dans un ciel d'or tendre et luisant, les arbres alignés sur le quai se mirent à bruisser comme s'ils s'éveillaient au jour nouveau. À quelques pas en avant de Jherek et de Mrs Underwood, leurs amis échangeaient des commentaires sur tel ou tel aspect de la cité.

« Quel merveilleux épilogue à notre pique-nique, dit l'Orchidée de Fer à Lord Jagged. Quand serons-nous de retour, à votre avis ?

— Très bientôt, je pense. »

Au bout d'un moment, ils quittèrent le quai et tournèrent dans une rue que Jherek connaissait. Il effleura le bras de Mrs Underwood.

« Vous reconnaissez ce bâtiment ?

— Oui, murmura-t-elle, en pensant manifestement à autre chose, c'est l'Old Bailey, où vous avez été jugé.

— Regardez, Jagged ! cria Jherek. Vous vous rappelez ? »

Lord Jagged avait l'air distrait, lui aussi. Il hocha la tête.

Le groupe passa en riant et bavardant devant l'Old Bailey et s'arrêta pour s'ébaubir devant le nouvel aspect de la période qui les avait séduits.

« La cathédrale Saint-Paul, dit Doña Isobella, toujours accrochée au bras de l'évêque Castle. C'est la première fois que vous la voyez.

— Oh ! *il faut* y entrer ! »

Ce fut à cet instant que Lord Jagged dressa sa tête sensible et s'immobilisa, comme un renard qui vient de capter les effluves émis par ses chasseurs. Il leva la main. Jherek et Mrs Underwood hésitèrent, les yeux fixés sur leurs camarades qui gravissaient les marches en courant.

« Un remarquable... »

L'évêque Castle disparut. L'Orchidée de Fer éclata de rire et disparut, elle aussi. My Lady Charlotina fit un pas en arrière et disparut. Et puis le duc de Queens, l'air amusé et curieux, disparut à son tour.

Doña Isobella s'assit sur les marches et se mit à hurler.

Les hurlements de Doña Isobella leur parvenaient encore à plusieurs rues de là, dans le labyrinthe de ruelles mal pavées où Lord Jagged les guidait à la hâte.

« Ça va être à nous si la chance n'est pas de notre côté, dit-il. L'effet Morphail ne saurait tarder à se manifester. C'est ma faute. C'est ma faute, sans aucun doute. Dépêchons-nous...

— Où allons-nous, Jagged ?

— Chercher la machine à voyager dans le temps. Celle dans laquelle vous êtes arrivé la première fois. Elle est réparée. Prête à partir. Mais les fluctuations provoquées par les récentes allées et venues peuvent avoir eu des conséquences graves. Brannart savait de quoi il parlait. Vite.

— Je ne suis pas sûre de vouloir accompagner l'un ou l'autre d'entre vous, dit Mrs Underwood. Vous m'avez fait beaucoup souffrir, sous savez, sans parler de...

— Mrs Underwood, dit d'une voix douce Lord Jagged des Canaries, vous n'avez pas le choix. L'alternative est épouvantable, je vous assure. »

Convaincue par son accent, elle ne dit rien d'autre pour le moment.

Ils débouchèrent dans une ruelle bordée de bâtiments sinistres et pourrissants près du fleuve. À l'autre bout, des hommes commençaient à charger des caisses sur une carriole. Ils voyaient luire les eaux sales de la Tamise.

« Je suis sur le point de me trouver mal, gémit Mrs Underwood. Cette cadence est trop rapide pour moi, Mr Jackson. Je n'ai, pour ainsi dire, pas fermé l'œil depuis deux nuits.

— Nous y sommes », dit-il.

Il prit une clef dans sa poche et l'introduisit dans la serrure d'une porte en chêne moisi. Le battant grinça quand il le poussa vers l'intérieur. Lord Jagged referma la porte et tendit la main pour attraper une lampe à pétrole pendue à un crochet. Il gratta une allumette.

Une fois la lampe allumée, Jherek vit qu'ils se tenaient dans une pièce assez vaste. Le sol était en pierre et il y avait une forte odeur de moisissure. Il aperçut des rats qui détalaient sur les poutres du toit.

Jagged s'était dirigé vers un tas de chiffons et de débris qu'il entreprit de dégager. Il avait perdu dans sa hâte un peu de son sang-froid.

« Quel *est* votre rôle dans tout ceci, Mr Jackson ? demanda Mrs Underwood en détournant les yeux pour ne pas voir les rats. N'ai-je pas raison de croire que vous avez manipulé, dans une certaine mesure, mon propre destin et celui de Mr Carnelian ?

— Avec subtilité, je l'espère, Madame, dit Jagged, qui s'attaquait toujours au tas d'objets divers. Le temps, aussi abstrait qu'il soit, surveille nos activités d'un œil sévère. Il m'a fallu de la prudence. C'est pourquoi j'ai adopté dans ce monde deux déguisements principaux. J'ai beaucoup voyagé dans le temps, comme vous l'avez probablement deviné. À la fois dans le passé... et dans l'avenir, si l'on peut appeler ainsi ce qui subsiste du futur dans mon univers. Je savais tout de la “Fin des Temps” avant que Yusharip nous apporte cette information. J'ai aussi découvert que certaines personnes, en vertu d'un arrangement particulier de leurs gènes, sont moins sensibles que d'autres à l'effet Morphail. J'ai imaginé un moyen de détourner le désastre de certains d'entre nous...

— Le désastre, Jagged ?

— Notre fin à tous, mon cher Jherek. Je ne pouvais supporter l'idée qu'après avoir réalisé un tel équilibre, nous devrions périr. Nous avions appris à vivre, voyez-vous. Et cela ne nous servirait de rien. Ironie du sort qui m'était insupportable, à moi qui aime tant l'ironie. J'ai passé de nombreuses, très nombreuses années dans ce siècle — le plus reculé que j'aie pu atteindre avec ma machine — à faire des vérifications compliquées, à transporter dans l'avenir un échantillonnage d'individus pour voir s'ils « tiendraient » ou non le coup pour ainsi dire, quand je les ramènerais dans leur siècle. Aucun n'a tenu. Je déplore leur destin. Seule Mrs Underwood est restée. Elle seule semblait virtuellement insensible à l'effet Morphail.

— C'est donc vous, Monsieur, qui m'avez enlevée ! s'écria-t-elle.

— Hélas, oui. Voilà ! »

Il retira le dernier chiffon, révélant la machine sphérique que Brannart Morphail avait prêtée à Jherek lors de son premier voyage à l'Aurore des Temps.

« Mon espoir, reprit-il, est que certains d'entre nous survivent à la Fin des Temps. Et vous pouvez m'aider. Cette machine à voyager dans le temps peut être contrôlée. Elle vous ramènera à notre époque, Jherek, et nous pourrons y poursuivre nos expériences. C'est du moins ainsi, ajouta-t-il, que les choses devraient se passer. L'instabilité du mégaflux est inquiétante. Mais il faut espérer. Il faut espérer. Maintenant, entrez dans la machine, tous les deux. Vous y trouverez des masques qui vous permettront de respirer.

— Mr Jackson, dit Mrs Underwood, je ne me laisserai pas intimider davantage. » Elle croisa les bras sur sa poitrine. « Non plus qu'hypnotiser par vos discours pseudo-scientifiques.

— Je crois qu'il a raison, Mrs Underwood, dit Jherek avec hésitation. Et si je suis venu vous chercher c'est parce que je vous croyais, moi, sensible à l'effet Morphail. Dans une machine à voyager dans le temps, nous avons au moins une chance de gagner une époque de notre choix.

— Rappelez-vous comment Jherek a échappé à la pendaison, dit Lord Jagged, qui venait d'ouvrir la porte circulaire de la machine. C'était l'effet Morphail. Il y aurait eu paradoxe s'il était mort de cette façon-là et à cette époque. Je le savais. Voilà pourquoi j'ai participé à ce qui vous est apparu, Mrs Underwood, comme une tentative de destruction contre sa personne. C'est une preuve de ma sincérité. Il n'est pas mort. »

Elle fit quelques pas, à contrecœur, pour rejoindre Jherek près de la machine.

« Je pourrai revenir ? demanda-t-elle.

— C'est presque certain. Mais j'espère que vous

ne le souhaiterez pas quand vous m'aurez entendu jusqu'au bout.

— Vous allez nous accompagner ?

— Ma propre machine est à quelques centaines de mètres d'ici. Il faut que je m'en serve, car je ne peux m'offrir le luxe de l'abandonner. C'est un modèle très sophistiqué. Elle n'apparaît même pas sur les instruments de Brannart. Dès que vous serez en route, j'irai la chercher et je vous suivrai. Je vous promets, Mrs Underwood, que je ne vous mens pas. Je vous révélerai tout ce que je sais dès notre retour à la Fin des Temps.

— Très bien.

— Vous ne trouverez pas l'intérieur de la machine agréable, lui dit Jherek en l'aidant à monter dans le sas. Il faudra éviter de respirer pendant un moment. » Ils s'accroupirent tous les deux dans le cylindre. Il lui tendit un masque. « Mettez-le sur votre tête, comme ça... »

Il sourit en entendant ses récriminations étouffées.

« Ne craignez rien, Mrs Underwood. Notre grande aventure est presque arrivée à son terme. Nous allons bientôt nous retrouver dans notre chère villa ornée de rosiers grimpants, avec nos pipes et nos pantoufles et nos water-closets ! Le roi Derby et la reine Jeanne à Camelot ! » Le reste de ses effusions lyriques fut étouffé, même à ses propres oreilles, par la nécessité de mettre son masque, le sas commençant à se remplir de liquide laiteux. Jherek regretta l'absence de costumes en caoutchouc comme on en utilisait, en règle générale, dans cette machine, car le liquide était désagréable et trempait rapidement leurs habits. Un air de dégoût outragé apparaissait, en fait, dans le regard de Mrs Underwood.

La machine se remplit très vite et ils passèrent dans la chambre principale. Là, certains instruments fonctionnaient déjà : des lumières rouges et vertes qui s'allumaient et s'éteignaient nageaient au-dessus de sa tête. Ils flottaient, incapables de contrôler leurs mouvements, dans l'épais liquide. Comme son corps se retournait lentement, Jherek vit que Mrs Underwood avait fermé les yeux. Des lumières bleues et jaunes se mirent à clignoter. Le liquide devint de plus en plus opaque.

Des chiffres, qu'il ne pouvait lire, s'inscrivirent sur les cadrans. Une lumière blanche apparut, parcourue de pulsations, et il sut que la machine allait entamer son voyage dans l'avenir. Il se détendit. Le bonheur l'envahit. Il serait bientôt chez lui.

La lumière blanche lui brûlait les yeux. Un vertige le prit. Une douleur mordit ses nerfs et il se retint de crier, de peur qu'elle ne l'entende et ne s'inquiète.

Le liquide s'assombrit et prit la couleur du sang. Ses sens l'abandonnèrent.

Il se réveilla, sachant que le voyage devait être terminé. Il essaya de se retourner pour voir si Mrs Underwood était réveillée. Il sentait son corps appuyé contre sa propre jambe.

Et puis, chose étonnante, le processus recommença. Les lumières vertes repassèrent au rouge, au bleu et au jaune. La lumière blanche hurla. La douleur augmenta, le liquide redevint sombre.

Et il s'évanouit de nouveau.

Il rouvrit les yeux. Cette fois son regard était fixé sur le visage pâle, inconscient de Mrs Underwood. Il voulut lui prendre la main et, comme si ce mouvement suffisait à tout mettre en route, le processus se réenclencha. Les lumières vertes et rouges alternées, les lumières bleues et jaunes, la blancheur aveuglante, la douleur, la perte de conscience. Il se réveilla. La machine frémissait. Il y eut quelque part un grincement de métal.

Cette fois il hurla malgré lui et il eut l'impression que Mrs Underwood hurlait aussi. La lumière blanche palpita. Et puis ce fut le noir total. Puis une lumière verte clignota. Elle s'éteignit. Une lumière rouge la remplaça pour s'éteindre à son tour. Il vit des éclairs bleus et jaunes.

Alors Jherek Carnelian comprit que les craintes de Lord Jagged s'étaient réalisées. Il y avait eu trop de tentatives simultanées pour manipuler le temps... et le temps refusait de se laisser manipuler davantage. Ils étaient à la dérive. Ils voguaient, livrés au hasard, le long du flux temporel. Ils étaient tout autant victimes de l'effet Morphail que s'ils n'avaient jamais mis les pieds dans la machine. Le temps se vengeait de ceux qui avaient cherché à le conquérir.

La seule consolation de Jherek, au moment de s'évanouir à nouveau, fut qu'au moins Mrs Underwood et lui étaient ensemble.

19

Où Jherek Carnelian et Mrs Underwood débattent de certains problèmes moraux

« Mr Carnelian ! je vous en prie, Mr Carnelian, essayez de vous réveiller !

— Je suis réveillé », gémit-il, mais sans ouvrir les yeux.

Une agréable chaleur baignait sa peau. Une odeur délicieuse montait à ses narines. Tout était silencieux.

« Alors ouvrez les yeux, s'il vous plaît, Mr Carnelian, demanda-t-elle. J'ai besoin de votre avis. »

Il lui obéit. Il cligna des paupières.

« Quel bleu extraordinaire, dit-il en regardant le ciel. Alors nous sommes de retour, en fin de compte. J'ai eu un petit accès de pessimisme, je dois l'avouer, en voyant que la machine commençait à dérailler. Comment en sommes-nous sortis ?

— J'ai réussi à vous en extirper, et c'est tant mieux. » Elle fit un geste. Il constata que la machine était encore en plus mauvais état que lorsqu'il avait atterri au 19e siècle. Mrs Underwood brossait les vestiges de sa robe en velours marron pour la débarrasser de son sable. « Cet affreux liquide, dit-elle. Même quand il est sec, le tissu reste tout raide. »

Il s'assit en souriant.

« Vous fournir des vêtements neufs sera l'affaire d'un moment. J'ai encore la plupart de mes anneaux énergétiques. Je me demande qui a créé ça. C'est ravissant ! »

Sur plusieurs kilomètres, tout autour d'eux, le sol était tapissé de fougères, de toutes dimensions : depuis les plus petites qui recouvraient la terre jusqu'à celles qui étaient hautes comme des peupliers ; et non loin de la plage sur laquelle ils se trouvaient, une mer paresseuse s'étendait jusqu'à l'horizon. Au loin derrière eux des collines basses ondulaient.

« C'est une reproduction remarquable, opina-t-elle. Beaucoup plus authentique dans le détail que ne le sont, en général, les œuvres de vos contemporains.

— Vous connaissez l'original ?

— J'ai étudié ces choses autrefois. Mon père appartenait à l'école moderne. Il n'avait pas voulu rejeter Darwin *a priori*.

— Darwin était amoureux de lui ? »

Les pensées de Jherek étaient revenues à son thème favori.

« Darwin était un savant, Mr Carnelian, répliqua-t-elle avec impatience.

— Et il a fabriqué un monde comme celui-là ?

— Non, non. Il n'en est nullement l'auteur. C'est une figure de style.

— Qu'est-ce que c'est qu'une "figure de style" ?

— Je vous l'expliquerai plus tard. Ce que je voulais vous dire, c'est que ce paysage ressemble à ce qu'était le monde au tout début de son développement géologique. Le climat est tropical ; les fougères et les plantes que nous voyons sont typiques de cette époque. Il s'agit probablement d'une période de l'ère paléozoïque appelée l'ordovicien, ou peut-être le silurien. Si cette reproduction était parfaite, les océans que vous observez d'ici grouilleraient de vie comestible. Il y aurait des mollusques et des crustacés mais aucun animal de grande taille. Tout ce qui est nécessaire pour soutenir la vie et rien qui puisse être pour elle une menace grave.

— Je ne vois pas du tout qui a pu fabriquer ça, dit Jherek. À moins que ce ne soit Lady Voiceless. Elle a créé, il y a quelque temps, toute une série de mondes antiques. L'Égypte était sa plus belle réussite.

— Un monde tel que celui-ci aurait fleuri des millions d'années avant l'Égypte, déclara Mrs Underwood, qui devenait lyrique. Des millions d'années avant l'Homme... et même avant les dinosaures. Ah ! c'est le paradis ! Vous voyez, il n'y a aucun signe de la vie animale que nous connaissons.

— Il n'y a plus de vie animale depuis pas mal de temps, dit Jherek. À part celle que nous fabriquons nous-mêmes.

— Vous ne me suivez pas de très près, Mr Carnelian.

— Toutes mes excuses. Je vais essayer. Je souhaite que mon éducation morale commence aussitôt que possible. Vous pouvez m'apprendre toutes sortes de choses.

— Je considère cela, dit-elle, comme mon devoir. Je ne saurais justifier autrement ma présence ici. Elle eut un petit sourire. « Après tout, je descends d'une longue lignée de missionnaires.

— Une nouvelle robe ? proposa-t-il.

— S'il vous plaît. »

Il toucha l'un de ses anneaux, celui qui portait l'émeraude.

Rien ne se passa.

Il toucha le diamant et puis l'améthyste. Sans le moindre résultat. Un léger étonnement le prit.

« C'est la première fois que mes anneaux énergétiques me font défaut », dit-il.

Mrs Underwood se gratta la gorge.

« Il fait de plus en plus chaud. Si nous allions nous abriter du soleil à l'ombre de ces fougères ? »

Il acquiesça. En marchant il essaya de faire fonctionner ses anneaux. De surprise, il secoua la tête.

« Bizarre. Peut-être, quand la machine a commencé à dérailler...

— Elle a déraillé, la machine ?

— Oui. Elle s'est mise à dériver au hasard dans le temps. J'avais complètement abandonné l'espoir de revenir ici.

— Ici ?

— Oh ! dit-il.

— Donc, déclara-t-elle, en s'asseyant sur un rocher de couleur rougeâtre et en promenant le regard sur les vastes étendues de fougères siluriennes, nous pourrions avoir voyagé en direction du passé, n'est-ce pas, Mr Carnelian ?

— Je pense que ce n'est pas impossible.

— Autant pour les assurances de votre ami, Lord Jagged, dit-elle.

— Oui. » Il suça sa lèvre inférieure. « Mais il craignait que nous ne soyons partis trop tard, vous vous en souviendrez.

— Il avait raison. »

De nouveau elle se gratta la gorge.

Jherek fit de même.

« S'il s'agit bien de l'époque à laquelle vous faisiez allusion, dois-je en conclure que nous n'y trouverons aucun être humain ?

— Aucun. Pas même un primate.

— Nous sommes au Début des Temps ?

— C'est le terme le plus approprié pour décrire cette période. »

Ses doigts ravissants tapotaient à un rythme rapide la pierre sur laquelle elle était assise. Elle n'avait pas l'air enchantée.

« Oh ! seigneur, dit-il, nous ne reverrons jamais l'Orchidée de Fer. »

Cette idée la rasséréna un peu.

« Nous allons devoir faire contre mauvaise fortune bon cœur, je suppose, en espérant que quelqu'un finisse par venir nous chercher.

— Les chances sont faibles, Mrs Underwood. Personne n'a jamais voyagé aussi loin dans le passé. Vous avez entendu vous-même Lord Jagged déclarer que votre époque était la plus reculée qu'il ait jamais pu atteindre. »

Elle carra les épaules, un peu comme elle l'avait fait la veille sur la rive du fleuve.

« Il faut construire une hutte, évidemment — de préférence *deux* huttes — et tester la faune comestible, s'il y en a. Faire du feu et le maintenir allumé. Voir ce que la machine à voyager dans le temps peut nous offrir d'utilisable. Je crains que ce ne soit pas grand-chose.

— Vous êtes certaine qu'il s'agit de la période... ?

— Mr Carnelian ! Vos anneaux énergétiques ne fonctionnent pas. Nous n'avons aucune autre preuve. Toutefois, nous sommes bien obligés de supposer que nous sommes naufragés dans le silurien.

— L'effet Morphail est censé nous envoyer dans l'avenir, dit-il, pas dans le passé.

— Ce n'est certainement pas le genre d'avenir que l'on pourrait s'attendre à trouver en partant de 1896, Mr Carnelian.

— Non. » Une idée lui vint. « Je discutais récemment avec Brannart Morphail et Lord Jagged de la possibilité que le temps ait une nature cyclique. Se pourrait-il que nous ayons plongé assez avant dans l'avenir pour nous retrouver, si l'on peut dire, au commencement de tout ?

— Ce genre de théories ne nous avance pas à grand-chose dans notre situation actuelle.

— Je suis d'accord avec vous. Mais elle expliquerait *pourquoi* nous nous trouvons dans cette situation, Mrs Underwood. »

Elle cueillit au-dessus de sa tête une fronde de fougère et s'éventa avec, en l'ignorant délibérément.

Il aspira une grande bouffée de bon air silurien (ou peut-être ordovicien). Il s'étira voluptueusement sur le sol.

« Vous avez décrit vous-même ce monde comme un paradis, Mrs Underwood. Quel lieu pourrait être mieux choisi pour deux amants qui se retrouvent ?

— Encore une idée abstraite, Mr Carnelian ? Ce n'est quand même pas vous et moi que vous désignez par ces termes ?

— Oh ! mais si, dit-il rêveusement. Nous pourrions recréer toute la race humaine ! Un cycle entièrement nouveau. Cette fois notre espèce fleurira *avant* les dinosaures. Ceci est le Paradis et nous sommes Adolf et Eva ! À moins que ce ne soit Alan et Edna ?

— Il me semble que vous voulez parler d'Adam et d'Ève, Mr Carnelian. Si c'est bien le cas, alors vous blasphémez et je ne souhaite pas en entendre davantage !

— Je blas — quoi ?

— Vous blasphémez.

— Y a-t-il, là aussi, un rapport avec la morale ?

— Oui, je le suppose.

— Vous pourriez peut-être m'en expliquer davantage ? demanda-t-il en usant de tout son charme.

— Vous offensez la Divinité. C'est un blasphème que de vous identifier ainsi à Adam.

— Et à Ève aussi ?

— À Ève aussi.

— Je suis désolé.

— Vous ne pouviez pas savoir. » Elle continua de s'éventer avec la fronde. « Nous ferions bien de chercher quelque chose à manger. Vous n'avez pas faim ?

— J'ai faim de vos baisers, dit-il d'un ton romantique, et il se leva.

— Mr Carnelian !

— Eh bien, dit-il, nous pouvons “nous marier”, à présent, n'est-ce pas ? Mr Underwood nous y a autorisés.

— Nous ne sommes pas divorcés. D'ailleurs, même si je l'étais, rien ne vous permet de supposer que je pourrais avoir envie de me donner à vous en mariage. Et puis, Mr Carnelian, il n'y a personne, à l'époque silurienne, pour nous marier. »

Elle semblait croire qu'elle avait trouvé l'argument suprême, mais il ne la comprenait pas vraiment.

« Si nous menions à bien mon éducation morale, dit-il, est-ce que vous m'épouseriez alors ?

— Peut-être, si tout le reste était réglé — ce qui paraît improbable pour l'instant. »

Il se mit à marcher lentement sur la plage et, perdu dans ses pensées, contempla la mer paresseuse. Un petit mollusque rampait à ses pieds dans le sable. Il le regarda pendant un moment et puis, entendant un mouvement derrière lui, il se retourna. Il la vit debout devant lui. Elle s'était fabriqué une espèce de chapeau avec des feuilles de fougère. Elle était très, très jolie.

« Si je vous ai bouleversé, je le regrette, Mr Carnelian, dit-elle avec bonté. Votre langage est plus direct que celui dont j'ai l'habitude, voyez-vous. Je sais que vous ne cherchez pas délibérément à m'offenser, que vous êtes, à certains égards, plus innocent que moi-même. Mais vous avez le don de dire ce qu'il ne faut pas... ou parfois de dire ce qu'il faut, mais au mauvais moment. »

Il haussa les épaules.

« C'est bien pourquoi je désire tant que vous entrepreniez très vite mon éducation morale. Je vous aime, Mrs Amelia Underwood. C'est peut-être bien Lord Jagged qui m'a encouragé à feindre, au début, l'émotion de l'amour, mais depuis elle s'est emparée de moi. Je suis son esclave. Certes, je puis trouver des consolations, mais je ne peux pas m'empêcher de vous aimer.

— J'en suis flattée.

— Et vous avez *dit* que vous m'aimiez, mais maintenant vous essayez de le nier.

— Je suis toujours *Mrs* Underwood », lui fit-elle observer avec douceur.

Le petit mollusque tenta l'escalade de son pied.

« Et moi, je suis toujours Jherek Carnelian », répliqua-t-il.

Elle remarqua le mollusque.

« Ah ! ah ! Celui-là est peut-être comestible. »

Comme elle se baissait pour l'inspecter, il la retint en lui posant une main sur l'épaule.

« Non, dit-il, laissez-le partir. »

Elle se redressa et lui sourit gentiment.

« Nous ne pouvons pas nous permettre d'être sentimentaux, Mr Carnelian. »

Sa main s'attarda un instant sur son épaule. Le

velours usé et raidi commençait à retrouver sa douceur.

« Nous ne pouvons pas nous permettre de ne pas l'être, il me semble. »

Ses yeux gris étaient sérieux ; et puis elle rit.

« Oh ! très bien. Dans ce cas, attendons d'avoir très très faim. »

Gaiement, ses bottines noires à boutons soulevant en giclées le sable fin de ce rivage primordial, elle se mit à marcher à grands pas le long de la mer épaisse et salée.

« Toutes choses bonnes et belles, chanta-t-elle, tous êtres petits et grands. / Toutes choses sages et claires / Le Seigneur Dieu les a faites ! »

Il y avait dans son comportement un tel air de défi, de défi ardent devant l'inévitable, que Jherek en eut le souffle coupé d'adoration.

« Après tout, cria-t-elle par-dessus son épaule, l'abnégation est bonne pour l'âme.

— Ah ! »

Il s'élança derrière elle, mais ralentit le pas avant de l'avoir rattrapée. Il regarda tout autour de lui le monde silurien, si calme, et il fut tout à coup frappé par sa fraîcheur, par l'idée qu'ils étaient réellement les deux seuls mammifères de toute la planète. Il leva les yeux vers le grand soleil doré et cligna des paupières sous son éclat bienveillant. L'émerveillement s'était saisi de son cœur.

Un peu plus tard, haletant, transpirant, riant, il se laissa tomber à côté d'elle. Il remarqua que son expression était presque tendre quand elle se retourna pour le regarder.

Il lui offrit le bras.

Après un instant d'hésitation, elle le prit.

Ils se promenèrent bras dessus, bras dessous dans la chaleur de l'après-midi silurien.

« Et maintenant, Mrs Underwood, demanda-t-il d'une voix satisfaite, qu'est-ce que c'est que "l'abnégation" ? »

DU MÊME AUTEUR

Aux Éditions Denoël, dans la collection Lunes d'encre

LES DANSEURS DE LA FIN DES TEMPS

UNE CHALEUR VENUE D'AILLEURS (Folio Science-Fiction n° 174)

LES TERRES CREUSES (Folio Science-Fiction n° 179)

LA FIN DE TOUS LES CHANTS (Folio Science-Fiction n° 181)

LÉGENDES DE LA FIN DES TEMPS (à paraître en Folio Science-Fiction)

MOTHER LONDON

DÉJEUNERS D'AFFAIRES AVEC L'ANTÉCHRIST

Aux Éditions l'Atalante

GLORIANA OU LA REINE INASSOUVIE (Folio Science-Fiction n° 28)

LE CHALAND D'OR (Folio Science-Fiction n° 114)

VOICI L'HOMME

LES AVENTURES DE JERRY CORNELIUS

LES LIVRES DE CORUM

LES RIVES DU CRÉPUSCULE

LA CITÉ DES ÉTOILES D'AUTOMNE

LE CHIEN DE GUERRE ET LA DOULEUR DU MONDE

LA FILLE DE LA VOLEUSE DE RÊVES

Aux Éditions Pocket

LE NAVIRE DES GLACES

CONTES DU LOUP BLANC

LE NOMADE DU TEMPS

LA QUÊTE D'ÉRÉKOSË

LA LÉGENDE DE HAWKMOON

LE CYCLE D'ELRIC

Composition IGS,
Impression Société Nouvelle Firmin-Didot
à Mesnil-sur-l'Estrée, le 19 mai 2004.
Dépôt légal : mai 2004.
Numéro d'imprimeur : 68336.

ISBN 2-07-031599-7/Imprimé en France.

767